全民微阅读系列

找 · 寂寞

ZHAO JIMO

丁迎新 著

江西高校出版社

JIANGXI UNIVERSITIES AND COLLEGES PRESS

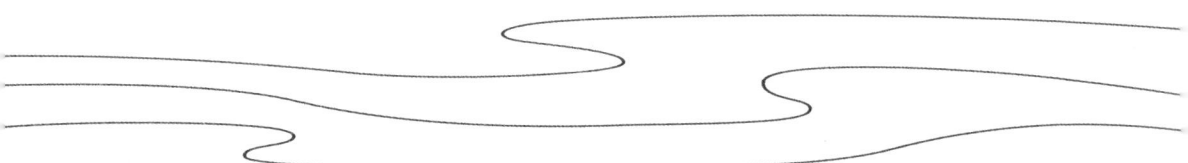

图书在版编目（CIP）数据

找·寂寞 / 丁迎新著. — 南昌：江西高校出版社，
2017.10

（全民微阅读系列）

ISBN 978-7-5493-6204-2

Ⅰ. ①找… Ⅱ. ①丁… Ⅲ. ①小小说—小说集—中国—当代 Ⅳ. ①I247.82

中国版本图书馆 CIP 数据核字（2017）第 257633 号

出 版 发 行	江西高校出版社
社 址	江西省南昌市洪都北大道 96 号
总编室电话	(0791)88504319
销 售 电 话	(0791)88592590
网 址	www.juacp.com
印 刷	北京一鑫印务有限责任公司
经 销	全国新华书店
开 本	700mm×1000mm 1/16
印 张	14
字 数	158 千字
版 次	2017 年 10 月第 1 版 2020 年 7 月第 2 次印刷
书 号	ISBN 978-7-5493-6204-2
定 价	36.00 元

赣版权登字-07-2017-1274

目录

第二辑：寂寞系列

第一辑

找系列

找　爱

　　这是一个网友的自述。网友简介：女，37 岁，事业单位职工，已婚，丈夫为公务员。生有一女，普通高中就读，住校。

　　昨夜西风凋碧树，独上高楼，望尽天涯路。

　　一觉醒来，床上只有我。又是一夜未归，已经习惯。拉开窗帘，让阳光赶走满室的阴暗，躺在床上，挂上手机 QQ，看哪些好友在线。

　　不知道从什么时候开始，生活变得如此无聊？上班下班，白天晚上，像牛皮糖一样粘在网络上，粘在 QQ 上，除此，再无乐趣可言。那个学生时代的才女，已成为历史，偶有同学提起，连自己都不敢相信。我还会写诗填词？我曾经有"当代李清照"的美誉？

　　不进入婚姻，不会明白"婚姻是一座坟墓"的内涵。或者，我的婚姻从一开始就是错误，等明白生活不只是有房有车有钱就够了的时候，已迟。它们是没有生命的，纵然躺在钱堆上睡觉，心仍是孤寂的，冷的，不会有发自内心的快乐和幸福产生。当女人把目标锁定在对方的物质财富，就已经犯下了严重的错误，悔之真的晚矣。

　　其实，我什么都可以不要，只要一个知我懂我惜我爱我陪我的人。哪怕只是说说话也好。

　　衣带渐宽终不悔，为伊消得人憔悴。

　　12 号终于上线了。唉！你就不想我吗？

　　三天前的夜半时分，是我们的第一次相识。我加的你，因为你的网名"开花的寂寞"。寂寞,我是深有体味的,可让寂寞开出花来我,却无论如何也做不到的。一开聊,我就向你请教。你笑了,笑得神秘而又迷离。我们从探讨寂寞开始,越聊越近,越聊越热,越聊越相见恨晚。

那一夜,我们在聊天中迎来了第二天的太阳。于是,你成了我的 12 号。

对,得说明一下,为什么叫 12 号。从接触 QQ 的那一天起,我把能挑起我心动或者说确认为有缘人的网友,给编上了号。我要看看,谁,会是爱的终结者,会终结在何时何地何人。直到画上一个圆满的像 QQ 一样圆的句号,直至生命的枯竭。

众里寻他千百度,蓦然回首,那人却在,灯火阑珊处。

我无法忘却 3 号、8 号、9 号、11 号所带给我的伤痛和沉重。远在北方的 3 号,是那样的激情和火热,熊熊的爱之火把我烧得失去了自我。他是我见的第一个网友,也是我老公之外的第一个男人,我恨不得奔他而去。

当我收到一条陌生号码发来的短信时,我懵了。我不相信,不愿相信,不敢相信。"你爱的男人,不仅有老婆,还有我这个情人,你只是他的第 N 个罢了。赶快收起你的爱吧,算算帐,已经为他付出了多少!"我崩溃了,比第一次听说老公在外面有了别的女人还崩溃。这可是我苦苦寻觅和追求的爱呀,好不容易才落入我的掌心。不可能,绝不可能!

面对一桩桩证据,质问,电话的那头先是沉默,然后是关机,从此无法接通。那个恨不得捧在手心捂在胸口的 QQ 头像,也永久的消失了。以种种理由骗去的十几万块钱跟我死了的心相比,又算得了什么呢?从那开始,我是网上的游魂孤鬼,漫无目的地游荡,凡逢情字爱语,一律删除,直到 8 号出现。

算了，不说也罢。只会心痛！

乱花渐欲迷人眼，浅草才能没马蹄。

有人说，免疫力是在经历过病症之后才会产生的，我也是如此吧。会有心动，但再无全身心地投入。网络之上，几人不是空虚寂寞？几人不是寻寻觅觅或鬼鬼祟祟？可我不甘心，不甘心每一次心动，只是心动；不甘心每一个缘份，只是有缘无份；不甘心来来往往，擦肩而过，总无停留和长相厮守。

13号出现了，与12号的睿智聪慧不同的是，他沉稳含蓄，像山，可以依靠。幸好我的打字速度是超常的，忙而不乱，轻松应对。或许，他们俩之间，会有一款是我所要的。

又出来一个活泼幽默的14号。哈哈！我为自己的魅力而得意和自豪。要知道，网络世界，人才济济，没有一定的魅力，哪能让那些苍蝇总在我的门前聚集和驻守。我能感受到一丝爱意了，来自12号，也来自13号，还有14号，各不相同，各有奇妙，乐此不疲。

网络的创造者，是何等的英明和伟大啊。我要为你歌唱，为你诵诗咏词，向你磕头谢恩。

此情无计可消除，才下眉头，却上心头。

唉！真是世事难料。先是一再坚持不视频，被死缠烂打的14号小帅哥给破了，然后就失望而逃。本就不在一个年龄层次，想老牛吃嫩草，有啥本钱呢？

接着是13号露出了真面目。钱能买来爱，还需要找你？你以为你是刘德华呀，可笑。

再就是12号脚踩几条船，然后见异思迁，从应付到不理不睬，慢慢结束了12号的使命。一切皆是镜花水月，这就是网络之爱？现代社会的爱？

爱呀，你在哪？

找　伴

宝儿还没写上三个字,就抬起了头,抬头就是窗外,窗外是小区的大门口,人来人往,车水马龙,非常热闹。

啪!手里颠来倒去的笔,掉在了桌上,宝儿不去理会,那心思随着视线早就到了小区外的马路上。有两辆汽车撞上了,就在小区门口的一侧。宝儿像弹簧一样从座位上跳起来,冲到电话机旁,抓起电话就拨。

"三宝,门口有车撞了,走,去看看。奶奶看着,走不了。"

"请叫下太子。太子,门口撞车了,看热闹去。不行!晚饭前不允许出去。"

连打几个电话,呸!全都是窝囊废。宝儿一点兴致也没有了,作业更不想写,打开电视,找动画片看。妈妈进家时,首先就到宝儿的房间里看桌子上的作业,一声断喝。

"宝宝,过来!"

宝儿没动。妈妈的声音提高了八度:"宝宝!"这回宝儿动了,懒洋洋地,翘着嘴,脚步在地上拖。妈妈的声音还是很严厉,"作业为什么不写"?"一个人写作业,没劲"。"一个人不正好安静专心么"。在学习的问题上,宝儿永远是失败者,电视关了,坐在了桌前,拿起了笔。

作业写完了,饭吃了,宝儿端出象棋,粘上了爸爸。爸,我俩下儿盘好不好?爸爸正趴在电脑前加班,目不转睛。"自己玩去,我没空"。"就一盘,行不?"宝儿哀求上了。"不行!任务重着呢"。宝儿又找上正在洗碗的妈妈,妈妈说,"这么大的人了,玩还要人陪"?"有一个人下的棋吗?你把电脑密码打开呀,我跟电脑下。"

妈妈没理。宝儿溜到门口,想悄悄地出去,被眼尖的妈妈给拽了回来。啊"啊……"!宝儿装腔作势地大叫了。"为什么只有我一个人玩?""不是给你买过小白兔,买过金鱼,买过乌龟吗?你都养死了,怪谁?"妈妈的手划破了,血流不止。"宝儿,找块创口贴出来"。宝儿像没看到一样,头都不回。"自己找去"!我忙着呢。砰!关上了房门。

"爸,给我买个手机吧"。所有的同学都有手机了。爸爸不信任的眼光落在宝儿身上,疑惑地问,"学校不是不让学生用手机吗?怎么会人人都有"。"前段时间,不是有个同学放学后上街玩,被混混给打了么,没办法报警,差点连命都没了。家长们怕联系不上孩子,就纷纷买手机了。"

爸爸和妈妈双目对视,像是相互交流和商量。妈妈开口说话了,"要买可以,但你能保证不用手机上网和玩游戏吗?"宝儿爽快地说,"没问题"。手机买了,宝儿一天到晚埋头在手机上,也不知道在搞什么玩意,看见爸爸妈妈了,才慌忙藏起来。爸妈都有所察觉,但没逮着,又不好说什么。

妈妈替宝儿交手机费时才知道,宝儿上网了,有流量产生。三堂会审隆重开场,爸爸左一声宝宝如何如何,妈妈右一声宝宝怎么怎么,宝儿死不承认,说可能是无意中操作。逼急了,哇哇大叫:"好了!我快上中学的人了,还一天到晚宝宝宝宝,这名字太烂了,起码有几百个同学都是。再说,你们拿我当过宝吗?有陪我玩过吗?有关心过我的孤独吗?"

会审以爸妈的尴尬草草收场,宝儿很有胜利感和自豪感。宝

全民微阅读系列

儿玩手机更肆无忌惮了,在路上是,钻在被窝里也是。想管也没办法管,除非收回手机。

当爸爸接到派出所的电话时,懵了。宝儿与一个社会青年通过微信相识,然后 QQ 热聊,感觉甚是投缘,两人约定见面。等到见面才知道,对方有同性癖好,欲图谋不轨。幸好宝儿精明,趁对方不注意,通过手机发出报警信号,才幸免于难。

宝儿见到爸妈时,不敢直面,一言不发,随时期待着暴风骤雨般的责骂。那一个周末,爸爸和妈妈都在家里,自己包饺子,下象棋,上公园,其乐融融。宝儿的脸上出现笑容了,像阳光那样灿烂。

时间不长,宝儿又还原成原来的宝儿了。宝儿开始玩一种叫做网络宠物的东东,偷偷地,好歹也是个伴吧!

找　宝

早上一上班,办公室里传来一阵阵臭味,那种腐烂的臭,令人作呕,特别难闻。门窗都关上,也断不了根。有同事说,旁边多了一个很大的垃圾堆,只要有风,臭味就刮来了。

太不像话!垃圾堆怎么可以放在开发区里呢?我叫上门卫小方来到公司西北角,透过铁栅栏,可以清楚地看到几十米远的道路一侧,有一个像小山样的垃圾堆。垃圾车一辆接一辆地运来,倾倒,要到下午才会被大车转运走。

我当即拨打环保部门电话,质询是怎么回事。那边回答说,由于垃圾场地问题与老百姓有争议，正在协调，只是临时性地堆放。如此看来，这臭味还得闻上一段时间了。

每一辆垃圾车来，刚一倾倒，立马就被六七个拾荒人一窝蜂围上，一手提着蛇皮袋，一手拿个铁勾爪，从垃圾里翻捡能变卖出钱的东西。真佩服这些始终坚守在垃圾堆边的拾荒人，总能从垃圾里捡出宝来，他们就不怕这难闻的臭味吗？

门卫小方说，别看他们只是个捡垃圾的，收入比我们高着呢。我姐家隔壁就被一个捡垃圾的租了，先是不租，嫌他脏臭，可人家给的租金高。临到快过年的时候，全家人光光鲜鲜地打的回老家了。据说，家里还是一幢小洋楼呢。

能够忍受这臭味，也是辛苦钱了，不容易。我说着话，正要转身，被小方一个很惊叹的"哎"给拉住了。

那不是郭妈吗？没错，就是她。她怎么会在这捡垃圾呢？小方一脸的疑惑，像是遇到了一个天大的谜团似的，百思不得其解。我问，郭妈是谁？小方说，郭长红你知道吧？本地最有钱的老板，家产上亿。就是他母亲。我不信。郭老板那可是首屈一指的人物，路桥、商业、房地产都有涉及，名声之响亮不亚于市长市委书记。他的母亲，在这捡垃圾？

你看错了吧？小方胸一挺，说，绝对不可能。我在郭老板的公司里干过，他母亲经常去收废旧报刊之类，由于事先不认识，还差点闹过笑话。收废旧报刊？老板的母亲到儿子的企业里去收废旧报刊？这也太那个了吧。一瞬间，我能想象出多种情节了。

晚上，在QQ上和一个在报社做记者的朋友无意中说到此事，引起他的兴趣了，说肯定能挖出精彩的故事来。而且说干就真地干上了。第二天，他就在我指引下，戴上厚厚的大口罩，直接到了垃圾堆现场，要采访郭妈。我实在是怕那臭味，没好意思去。

过后追问什么情况,他郑重地说,还要深入采访。我心里有点忐忑上了,这可是我惹出来的,要是对郭老板造成什么影响,会不会牵连到我呢?

我每天追着朋友问情况,每天关注记者朋友所供职的报纸,每天留心是否有郭老板的消息,每天看垃圾堆边的郭妈是否还在。

一天,垃圾堆那突然热闹起来,一大群人,还有电视台的采访车都赶到了那里。我也不管自己会不会被牵连到了,慌不择路地飞奔而去。

面对采访话筒,身形已经佝偻的白发老人先是无论如何不愿意说,一边的郭老板急了,提醒道:妈,早就跟您说过,别再顽固了,可你就是不听。你再不说出实情,我可就永远背黑锅了呀。一只苍蝇叮在郭妈的脸上,郭妈恍如未觉,看了看儿子,这才勉强开了口。

我老了,什么也做不了,什么也不会。就这捡垃圾的活,我干了快一辈子,养活了我自己,养活了家,养活了孩子。别看它脏,它臭,可这里面照样有宝,能让人活命的宝,是宝就不能丢了,咱得捡。只知道扔,不知道捡可不行,早晚会扔没了。

郭妈顿了顿,环视了一眼围在身边的人,不解地问:我捡我的垃圾,跟我的儿子有什么关系呢?记者也不知道该怎么回答了,还是当老板的儿子灵活,解围说:不是。他们找不到您,让我带个路。

郭妈挥了挥手,赶走了脸上的苍蝇,说:好了,你们都走吧。我还得干活呢。说完,佝偻的腰身又向垃圾堆走去。

找　茬

　　桂副局长最近有点愁眉苦脸，这逃不出办公室怀主任的眼睛。两个人关系一向不错，最关键的，是怀主任很看好桂副局长的前程。

　　桂局，最近休息不够充分呀。怀主任瞅个机会，凑上前，话中有话地探问。你小子，什么都瞒不过你呀。走，喝两盅去。酒一喝，话想捂都捂不住了。原来，桂副局长有个小姨子，刚刚大学毕业，老婆以及岳父岳母强烈要求给安到局里上班。编制早就已满，所以，能不愁眉苦脸么。

　　怀主任笑了，笑得有点微妙。桂副局长恼了，咋啦？笑话老哥无能？怀主任赶忙道歉：你误会了。办法是想出来的，这条路走不通，我们可以走那条路。你有招？怀主任说，这样吧，你给我三个月时间，我保证有空位置出来。至于其它的，无须我……

　　好！一言为定。两人的酒杯碰上了，碰得相当地响。

　　怀主任开始行动了，把局里现有人员一一梳理，再一分析，心中有数了。第三天头上，办公室下达通知，根据局党委意见，以培养复合型人才为目标，对本局部分人员进行轮岗交流，名单同时公布出来。

　　办公室梅姐是其中之一，新的岗位是财务科出纳。梅姐不乐意了，老大不小的人了，连家里买菜管帐都是老公当家，自己哪能干这个？怀主任哈哈一笑，说，活到老，学到老么。这可是个好机会,别人想要还要不到呢。

梅姐一到岗,财务科长把一堆财务书籍放在了面前,并交待了一个任务,把近期的会计凭证给整理归类一下,然后装订成册。梅姐望着半柜子的各种单据,头大了,不知道从何做起。想请教两个老同事,可因为鸡毛蒜皮的事,跟她们闹过别扭,现在低下头去求人,又迈不出那一步。梅姐一狠心,不管不问了,大不了被批评一顿,看能把我怎么地。

科长再催,梅姐说,我不会搞,也没人教我。两个同事眼睛瞪上她了,明显地不满。再过了几天,科长问财务书籍看了没有,梅姐说,看不懂,也看不进去。怀主任接到财务科长的汇报后,找梅姐谈话,要梅姐端正态度,服从领导和管理。梅姐一生气,请了病假,不来上班了。

以局党委名义下发的通报批评出来了,梅姐被作为此次轮岗交流活动的反面典型,给予警告处分。梅姐上班,再次调整到后勤科,职责是协助保洁负责整个办公楼的卫生保洁工作。梅姐心里的委屈,只有自己知道。在家里,老公几乎把她当宠物养着,啥事都不要她做,现在却让她来做卫生保洁,不等于要她的命吗?

梅姐拖把在手,拖了几步远就腰酸手痛了,拖把一扔,趴在桌子上流眼泪。幸好保洁工大姐不错,啥也没说,任劳任怨地全干了。本来就是她一个人的事呀,就当没添人。

局里开会,局里来人,周末大扫除,办公室首先想到的是梅姐。梅姐很勉强,但不得不听不做,苦着个脸,应付,半天干一点。一次,副市长亲临视察工作,会议室座谈结束一站起来,坏了。白衬衣的后背在椅子上不知沾了什么脏,旁边的人越掸越难看,几个局领导难堪得不得了。

一追究,梅姐的责任,卫生没搞好。又是一个通报批评。梅姐请长期病假了,怀主任表示了严重的关切,并毫不犹豫地签字批准。

全民体育运动轰轰烈烈开展了,局党委响应政府号召,要求全局所有人员必须在早上到岗后跑步 3000 米,缺席一次,罚款 100 元。梅姐接到通知,不解:我不是请病假了吗?怎么也要跑步。回答是全局所有人员,离退休人员才除外。

梅姐参加跑步,才跑了几十米,就浑身无力。只好打了个报告,说因身体有病,不能参加跑步,请局领导给予照顾。一个月下来,梅姐的工资被扣了个精光,找到怀主任,怀主任说领导说了,如果不想跑的人都打个报告,找个理由,怎么办?坚决不能破这个例。怀主任抱歉地说,想帮都没办法帮。

梅姐的老公找到局里,是怀主任接待的。怀主任表示很遗憾,说自己工作没做到位,深表歉意。现在全局上下狠抓工作作风,打造"老百姓最信赖的政府机关",自己实在无能为力。梅姐老公说,都卖命几十年了,总不能被辞退了吧?怀主任微笑着安慰,辞退是不可能的。工作这么多年了,没有功劳,总有苦劳。如果实在不行,是不是考虑办个内退?梅姐老公一听,这个主意不错,可以说是两全其美了。临走时,紧紧握住怀主任的手,感谢不止。

梅姐的内退手续办好,怀主任松了一口气,拨通桂副局长的手机,掩不住兴奋地说:桂局,我可是搞定了,不超出三个月吧?桂副局长叫了一声响亮的好,好兄弟,这份情我记着了!

找　车

　　石代很庆幸生活在这个年代，科技的力量把天大的事都转化为不费吹灰之力的小事。能上九天揽月，能下五洋捉鳖，那么大的地球真地成了一个村子般的大小，声息可闻，瞬间可达。幸福啊，现代人。

　　石代脑子灵光，思维超前，紧跟着时代的步伐。别人上班时，他下海了；别人忙实体，他炒股了；别人望房兴叹，他炒房了；等等，总比别人快一个节拍。那日子，自然也滋润得多。这不，就私家车来说，他可以说是中国第一代私家车主，到目前为止换了不下于十辆，当然，都是鸟枪换炮，越换越豪华。

　　可最近，石代实在是烦。没别的，为了停车的事。那小区虽高档，自己住的也是别墅，更有属于自己的车位，可没车位的车会乱停一气，每当进出时，那道根本就畅通不了。能把命急出来。喇叭捺得比火车汽笛还响，没人理你，你就耐心地坐在车里等吧，要不掉头回去。有时候，这边出不去，那边又回不了，石代被困在了车上，叫天天不应，叫地地不灵，能急出疯病来。你再好的车也是白搭，挡路者就是爷。

　　这是在住宅小区，在高速路上也是。好不容易趁着过节回趟老家，高速路上车连车，车抵车，比河滩里的石头还多。先是比蜗牛爬还慢，接着，干脆不动了，全趴在那。估计是受了点凉，肚子不舒服，突然就有了大便的意图，无论如何是忍不了了。打开车门，四处瞅瞅，捉摸着一时半会肯定动不了，就拐出汽车堆，钻出护栏，躲到路边的野草地里方便去了。

一蹲下就起不来了，稀哩哗啦不止，紧赶慢赶，总算了事，再匆匆忙忙回到高速路上，完了，车流早就在动了。而且还动得不少，找不到自家的车了。石代一辆一辆地瞅，头上的汗都急出来了。怎么都是有钱人了？宝马不在少数呀。

车动时，在路边昂着脖子找；车停时，如鱼在车间游的找。找了好半天，也没找到。突然想到手机就在身上，连忙抓出来拨打老婆的电话，已关机。该死的老婆，一天到晚就知道玩手机游戏，硬把电玩没了。幸好一个好心车主搭上了他，到前面的服务区才与老婆接上头，老婆自然被骂了个狗血喷头。

当听说本市规模最大停放数量最多科技含量最高的停车场即将投入使用时，石代兴奋得要死。虽然仍持有怀疑态度，但还是愿意一试。早早地，就现场观察了解情况，再通过各种关系打听，然后是预定车位，永久的，不在乎那点钱。

终于投入使用了，地上五层，地下三层，单层面积就上万平方米，全部是电脑智能化操作。方便到什么程度呢？停车人手持一张智能卡，按一下，就直接显示停车场方位图及车所停的具体位置，并且能以光点闪烁引导停车人前进。车辆所停的车位，也会发出与智能卡相同颜色的光芒，旨在示意。再多的车，都忙而不乱。

科技的力量真伟大呀，石代感叹不已。

这一天，石代急务在身，马不停蹄地来到停车场。人到门口，就见很多人围在那，乱哄哄的，就是没见惯常的车流出来。也顾不得管别人，按下智能卡的钮，没反应，再按，还是没反应。这才顾及其它人，原来都是如此。停车场管理方的回答是，电脑系统受到黑客攻击,程序出现紊乱,为避免事故发生,让各自找车。

这下所有的人都呆了。茫茫一片车海呀,每一层起码上千台车,一眼望出去,谁能知道哪台车是自己的呢?只听见一片吵嚷,不见车动,除了苦等,还是苦等。石代气得大骂一声:

狗日的科技!

这时,只见一辆轻便的自行车从汽车缝隙间灵巧地游走,像杂技演员的表演一般优美,直奔出口。那是一个换班的保安下班了,自行车是他的座驾。

找　错

今天,是我到局里上班的第一天。局长特意来到办公室,笑吟吟地伸过温暖的肥手,欢迎我的到来。

小李呀,你可是重任在肩哟。以后就指望你了。一下子,我深感到责任的重大,连忙庄重承诺:局长请放心! 我会尽让您满意的,绝不辜负您的期望和厚爱! 局长高兴地连连说好,拍了拍我的肩膀,走出了办公室。

我本来是个语文老师,因为喜欢写作,发表了不少作品,又考到了报社当编辑。其实,我是最适合当编辑的,自己本来会写,发现错误和纠正错误则更是我的擅长。任何稿件,哪怕是广告文字,一旦到了我的手里,针尖大的问题也能给揪出来。一个标点符号也别想从我的眼皮底下逃生。要知道,我的八百度眼镜可不是好戴的,没那个水平,对得起它吗?

何况,我是通过公开招考,从上万名应聘者中摘得桂冠的。这次是绝对的公开公正和透明,真的。因为要的是秘书,而且是男秘书,负责公文和各类文字材料的专职笔杆子,想虚也虚不了。要不是行政副科级、薪水副局级和位列公务员序列等超优厚的待遇,让我动了心,我不可能放弃我最喜爱的编辑岗位,那可是最能发挥我所长的工作呀。

据说,是因为该局的一份讲话材料让局长在上级领导及大庭广众面前出了洋相,才迫使局长下此决心的。我有信心从此杜绝类似现象的发生,非常大的信心。

一份清明节放假通知成为我到任后的第一个工作任务。太小菜了,这屁大点的事,实在有损和污辱了我的笔力。我一挥而就,一分钟交稿。

没到三分钟,局长的内线电话到了,让我去他办公室。局长严肃地说,小李呀,做事可不能马虎。这里的句号我看是可以用逗号的么,是不是?我懵了,在我身上还会出现标点符号的问题吗?接过局长用红字修改过的通知仔细一看,捉摸来,捉摸去,我还真拿不定主意了。去吧,下次注意了。局长下逐客令了,我红着脸连忙弯腰致歉和致谢,然后匆匆退出。

回到座位上,对着局长的修改,我还在纳闷,到底应该是句号还是逗号呢?这在我,可是开天辟地头一回。我紧锁双眉的苦恼样,引来了同事们的围观和关心,当了解情况后,也都热心地加入战团进行参考和分析。一致意见出来了,局长是对的,应该是逗号。

那一刻,我恨不得立马钻进地缝里,或者就在那纸通知上撞死算了。首战告败呀,也太打击我的积极性,怀疑自身能力的有限了。不行!我得加强学习。从小学到大学的语文课本、教材、课外辅导以及各种字典词典辞典语言修辞和写作等书籍，我一股脑地全搬了来，占据了满满几个柜子。从此，我就是书堆中的虫了，拚命地啃吃和消化。

一份文件呈上去，局长指正出一个词的用法不妥；一份汇报材料出手，局长找出一个句式的不规范，一个用语的表述模糊；一份讲话稿出笼，局长指出两个语气词的不当，一个分段的错误，一个网络语的含义不清；一份交流报告递交，局长圈出三处举例的失当，一处职务排名的错误；……我要崩溃了，怎么总有错误被局长找出来呢？我可是找错的祖宗和行家呀，竟然还有错误被别人找出来，岂止是不可思议。

我是个认真的人，一个较真的人，一个完美主义者。虽然文无定法，但必须让出自我手的作品（虽然是工作，我也同样视为创作的作品）无可挑剔。时常地，我是顶着晨曦第一个走进办公室的人；夜晚的整幢大楼里，唯有我的灯光在闪烁；全民休闲的节假日，我默默坚守在岗位上。我不图名，不为利，不指望升迁，但绝不能让错误在我的工作中存在。这就是我废寝忘食锲而不舍孜孜以求的目标。

我看到希望和光明了，每一次呈交的东西，经局长审阅的时间越来越长，每一次与局长擦肩而过，躲躲闪闪目光的是局长。我有一种感觉，我更坚信，局长面对我的作品，已经无能为力了。我就要达到我的目标了，能不为之欢呼和雀跃吗？

局长把我叫到办公室了，关上门，还上了锁，还为我泡了一杯他专用的普洱茶，还递给我一支专门为他所用的九五至尊香烟，还亲热地让我坐在他的对面。这在我的耳闻目睹中，可是破天荒的第一人呀。

我谦逊地端坐，恭敬地聆听，虔诚地等待。好久，好久，局长开口了。小李呀,我能麻烦你一个事吗?我诚惶诚恐起来,连忙回答,局长您太客气了,有事尽管吩咐。局长又抽了一口烟,让烟雾缭绕在他与我之间,这才悠悠地说道,你的工作是非常扎实和优秀的,只是有一点不足。为什么,你就不能有一点点错误呢?你都完美了,还要我这个领导干么?啊?

我辞职了,还是当我的编辑。因为,我喜欢那样的工作和生活!

找　根

老张做了一个梦。

梦见父亲、爷爷等衣衫单薄,泪水涟涟地在叫冷喊饿。老张伸手,可够不着,光张嘴,但发不出声音。一个激灵,老张醒了,一身的冷汗。人醒了,梦里的情景却历历在目。

这样的梦做过几次后,老张想起父亲的话。父亲也是做了类似的梦,解说是长眠于地下的爷爷太爷爷们缺衣少食,是没钱了,得赶紧到坟头上烧些纸钱。那时,刚上学的老张扑哧一笑,说父亲迷信,人死了就啥都没了。现在的老张,仍然是个坚定的无神论者,可隐隐地,心却动了,莫名地动。

孙子放学了,小嘴翘着,一脸地委屈。老张逗他,哈喽!张王杰克先生怎么啦?受老师表扬了?孙子把书包一扔,开始质问,我的名字是谁取的?我们学校已经有三个跟我一样了。是吗?可能是这个名字太有艺术性,太好了,才会有重复呀。老张辩解。孙子问,爷爷,你们小时候的名字也有许多重名吗?

这一问,把老张引入久远的回忆了。在老张父亲那辈,名字是必须按照祖传的辈份来起的,也就是中间一个字都有章可循,绝对乱不得。哪怕家不在一地,同姓同族的人到了一起,通过名字就可以知道宗族长幼之序。后来,一是当作腐朽文化加以批评,二是开始讲究时髦,什么国庆、爱国、卫东等,重名司空见惯。到老张儿子时,更多图省事,简单两个字就行,重名也不少。

儿子媳妇都回来了,一起吃晚饭。老张说,我想回趟老家。儿子媳妇你望我,我望你,都一脸地茫然。儿子说,爸,我们还有老家? 老张说,谁没老家? 这么大的城市,百分之九十九都是移民。紧接着叹息一声,快忘记家乡是什么样了。

老张翻箱倒柜地找老电话号码本,他记得上面有几个老家人的电话。老伴数落,都几十年没联系了,就是找到又管什么用? 没找到号码本,并不影响老张的计划,翻翻日历,传统的清明节马上就到,正好回去给老祖宗上个坟。可不能忘了根。

漫长的回乡路并不需要多长时间,换两趟车,就到了村口。这是当年的山乡? 全是水泥路,清一色楼房,屋里屋外跟城市没什么区别,只是人烟稀少,连鸡犬之声都稀罕。老张不解,很多人家大门紧锁,常年不开似的。幸好老太龙钟的老头老太还依稀认得老张,那份热情,能把老张给融化了。相互间嘘寒问暖,什么都问遍了,话越说,叹息越多。

先是青壮年出门打工,然后是拖家带口出门,还有定居城里,热闹的小山村死一般的寂静了。要啥,啥都有,就是冷清。老张说,我一是回来看看,二是做清明。老人们摇头不止。还做什么清明呀,哪家坟头都是荒草一堆了。迟早有一天,这山里就是一座大大的坟。

老张的心酸溜溜的，仿佛说的是自己。在老人的带领下，来到祖坟集聚的山坡上，墓碑或不见或破碎，竟然不知哪座坟茔是哪家的祖坟了。那清明又如何去做？一时间，泪流满面，不能自己。在几位老乡邻的劝说下，老张的心情才渐渐舒缓。

　　清明还是得做，老张很坚决。第二天，几个老人一起，带上镰刀、锄头和烧纸，还有清明吊子，从这座山到那座山，只要是能记得起来的坟，不管是谁家的，都砍去荒草，拢起土堆，插上吊子，烧上纸。那几天，几个老人起早歇晚，累得腰酸背疼，却开心得很，像做了件天大的事。老张的双手满是血泡，只是晚上入睡时才感觉到痛。

　　老张还做了件事，通过到处寻访，终于找到了张氏的宗谱，把自己这一支的辈份给抄了下来。还有上几代祖居何地，老家哪里等等，都细心抄录，贴心收藏。

　　老张该走了，几个老人先是泪水盈眶，然后痛哭流涕，再然后是抱头痛哭。他们和老张约定，让老张务必告诉孩子，死后把骨灰葬到这山乡里来，陪陪长眠在地下的列祖列宗。也算是叶落归根。

　　回到家，老张从图书馆里借出一堆书，除了自己埋头看，还教孙子。这是龙，是中华民族的图腾，是所有中国人的根。我们中国有属于自己的节日，比如春节、中秋节，还有端午、清明，他们是……

找　狗

老古养过三条狗。

第一条是在饥饿的童年。人都没有吃的,何况狗。见狗瘦得皮包骨头,多走几步就会晕倒,就把一块正准备塞进嘴里的红薯皮扔给了狗,狗就成小古的狗了。那狗跟了小古十年,陪伴着小古从小学到初中再到高中。风雨无阻地接送,是保镖;上山下河地玩耍,是朋友;拾柴割草的合作,是帮手。

第二条是当兵时的军犬,是比人还亲的战友,双方都不惜生命卫护的对象。

第三条是当处长后,别人送的洋狗。本以为一条狗而已,算不了什么,可事隔不久才知道,那条狗价值好几万,老古不顾一切地给送了回去。从此,什么动物都不养了。

现在,老古迫切地想要一条狗,其迫切的程度不亚于当年找女朋友。儿女事业有成,各自成家在不同的城市;自己退休,无官一身轻;然后是老伴去世,成了孤家寡人。喧闹的生活一下子安静下来,老古有找不到方向的感觉。一切,仿佛发生在一瞬间。

老古从电视上看到,本城有个交易市场,猫呀狗呀鸟呀都有卖。记下地点,兴致勃勃地去了,连续去了三天,边边角角都转遍了。老古简直不敢相信,只是狗而已,怎么值那么多钱呢?几百,几千,甚至几万,眼都不眨一下,爽快成交。还有什么狗粮,狗衣服,狗玩具,狗医院,五花八门,养一只狗的费用更甚于买狗的钱。普通百姓一年的收入也才两三万吧,养活一个人一年也不过几千块,这狗倒比人金贵得多。

想不通归想不通,老古此刻非常需要一条狗,但不是那种金贵的狗。

邻居知道了老古找狗的事,说:你跟我说呀,哪需要找呢,现成的就在你面前。老古不理解邻居的意思。邻居笑了:不就是一条狗吗?我家贝贝刚生下三只,我送你一只好了。老古说:那怎么行。除非付钱,否则我不要。邻居怪上了:你现在退休了,应该没收贿的嫌疑了吧? 要不是你人实诚,你想要我还不给呢。老古只好要了。

小狗属于宠物狗,纯白,卷毛,两只圆溜溜的眼睛,娇小,可爱。虽然没达到老古的满意,但既然接受了,老古还是很用心地对待。好吃,好喝,应有尽有。老古觉得挺好笑的,当年对待自己生养的儿女都没这么好过,一心扑在工作上,根本就不管。小狗也懂事,像乖巧的娃娃,知道撒娇和顽皮,逗得老古笑口常开。

无论白天晚上,小狗与老古形影不离。只要出门,小狗准跟在后面,不会超过一米的距离。有好几次,走着走着,本跟在后面的小狗不见了,害得老古一路往回找。一边找,一边叫小狗。路人都笑,现如今的狗,哪家的都有个名字了,还有直接就叫小狗的。但老古不愿意给狗起名字,那童年时养的狗,一声嗳,就能遥相呼应,名字反而多余。

小狗丢了。短暂的不适之后,老古也就释然。一点好吃的食物,一阵花言巧语的哄骗,都是无法拒绝的诱惑和顺从,这是重情重义的忠诚的狗吗? 肯定不是,这不是老古想要的。

老战友听说后,哈哈大笑。笑老古冥顽不化,不与时俱进。老古脖子一梗:是你们根本就不懂得狗! 时间不长,一个战友送了条藏獒给老古,说这是真正的狗。

老古笑了:像,从外表看像。老古收下了,并按照战友的交待,特意花大价钱在院子里置办了一应俱全的家什,比如铁栅栏铁锁链铁桩之类。

藏獒也不是自己想要的狗。一段时间下来,老古有了这种感觉。肉食动物没错,可血腥味太浓太烈,分明是狼。随时随地,要把它眼里的一切撕成碎片似的,连渣子也不放过。还有那种强烈的不安份和凶狠,像有魔鬼在其内心搅动,无亲,无友,无爱,只有仇恨和欲望,天下都成为它的囊中之物不可。那种残暴和威胁,针对的是除它自己之外的世界,而且时时处处存在。这一切,都在它的眼睛里,深达内心,一览无遗。

老古给战友打了个电话,郑重表示感谢的同时也表示歉意,说藏獒不是自己想要的。藏獒还给战友了,老古想到了小时候的狗,对呀,为什么不从土生土长的家乡找呢?

翻遍电话号码簿,老古打了十几个电话,遍地撒网,重点找狗。有的说,现在狗肉吃香,见到狗就如同见到了钱,哪里有狗存活;有的说,城里有打狗队,乡里也有,怕狂犬病;有的说,现在养狗还有必要意义吗? 狗已经失去狗的价值了,除非为餐桌准备;⋯⋯老古听着听着,心里有酸味上涌,有痛感滋生。

狗,与人类的情分已经到了了断的时候?

总算有一个儿时的伙伴给老古送来了一条土狗,可怎么看,都不像狗。胆怯,畏缩,温顺,狼狈,这怎么会是狗呢? 明明是需要保护和呵护的猫,捧在手心里,听它喵喵的叫声就是功效。

狗啊,咋就那么难找呢?

找　话

王五是全村最后一个进城的,也是最后一个离开村子的人。

本来,他已经下定决心,决不离开祖祖辈辈生长生活的村庄,只要有口吃的就行,死了也是叶落归根。可还是坚守不住了。人都有一张嘴呀,没人说话比没吃的更要命。于是,王五极不情愿地成为了最后一个,最后一个进城,最后一个离开村庄。

进了城,王五高兴坏了,那么多的人,不愁说不上话了。虽然儿子媳妇孙子天天不着家,也说不上几句话,可满世界都是人呀,找谁不能说话呢?

大清早,王五出门了,出门就遇见隔壁的邻居也要出门。老人家,你也住在这呀。这人昨天好像在楼下见过,王五就笑嘻嘻地招呼上了。邻居像没听见一样,没理他。这人有些耳聋?王五又凑近了些,大声地说:我们是邻居,有什么事就说一声。这回邻居说话了,冷着一张脸,一声闷闷地嗯,直接往楼梯口移步了。王五走也不是,站也不是,摇了摇头,紧跟着邻居下了楼。

出了楼梯口,一个保洁的中年妇女正在修剪草坪。王五来兴致了。大姐,忙呀。保洁的妇女抬头扫了王五一眼,又接着忙自个的了。这城里真是怪,我们乡下要把草除掉,这城里却要种草,种就种罢,还要修得像头发似的整整齐齐。有那时间,干点什么不好。妇女没理会他,但并不影响王五继续发挥。

像你干这个可惜了。整劳力呀,在过去得挣十分工钱的。这一个月下来,一千来块钱有吧? 妇女转身了,把个硕大的屁股对着王五,王五知道妇女不高兴了,正要出口的话全收了回来。这城里人咋啦? 都不爱说话?

逛着,逛着,王五到小区大门口了。一个保安赳赳气昂昂地挺立着,像尊雕像,一个保安坐在值班室里,严阵以待。王五凑近值班室窗口,没等开腔,里面的保安已经站立了起来。

大爷,有什么需要帮助的吗?

没,没。我就随便转转。王五想进去,可保安没有开门的意思。王五只好站在窗前说话了。你们比当兵的还正规呀。一天上几个小时班? 保安坐了下去,不再理他。那是警棍吧? 带不带电? 我从电视上看过,带电的厉害。

保安再度站了起来,严肃地说:你有什么事? 王五说:没事呀。没事到其它地方去,不要干扰我们工作。王五的脸上不自然了,搞了半天,是干扰工作了。似乎有些理亏,默默地出了门,站到了马路边。

乖乖! 车水马龙,川流不息,这人和车咋就这么多呢。王五看呆了。一个个的脚步,都那么匆忙,像是去救火似的。那车,也一个比一个快,要是撞到了人,可怎么办。王五担心上了。

嗳! 让让路。一个骑电动车的男人,背着很多个大包小包,从侧面过来。王五赶紧闪到一边。师傅,这东西太多了,注意安全呀。男人的眼睛只盯着前方,嘴里却有一句话回了王五。多管闲事! 像一块石头,把王五砸得眼睛直翻。哧——走远了。

王五孤独地站了老半天,终于有一个人过来,也站在了那。王五靠近几步,打开了话匣子。你也散步吗? 这天气真怪呀,都立冬了,还太阳暖和和地。现在的人啦,也怪。你看那些个女的,有穿毛衣大衣的,有光着腿的。还是有钱好哇,想吃什么吃什么,想穿什么穿什么,把世上最好的生活都过了。钱如果再多了,还干什么呢?听说日本鬼子又要抢我们的钓鱼岛了,日本人的也不太识趣了,当年的债还没偿还呢,又想作孽,就不怕原子弹把他小日本给炸没了?咱中国人呀,就是不争气,就知道窝里斗,就知道往自个口袋里装钱,搞什么腐败,坑害咱老百姓。如果所有的中国人都团结一致,还有哪个国家敢欺负我们?就他美国也只能干瞪眼。你说是不是,老弟?

那人有反应了,可惜,不是语言,而是手舞足蹈,指手划脚。王五失望极了,说了半天,是个哑巴呀。王五没劲了,刚说热的嘴,一下子冷了。往旁边挪了个四五步,王五一屁股坐在花坛沿上,默默地看车,看人。

太阳已经当空照了,车流,人流,依然川流不息。有孩子们放学了,三三两两地走过。一个小调皮一路走,一路踢着一个小石子,像自家的孙子。王五笑了。娃,你钱掉了。王五开上玩笑了。小调皮瞅了一眼王五,回转身,细细地看路面,又猛然有所醒悟似的,冲着王五骂了一句:

神经病!

这是王五始料不及的,脸色有些尴尬。小调皮继续一路踢着小石子,一路往前走,王五也继续坐着,只是郁闷之极。那张嘴,再也不想张开了,对谁说,说什么呢?

找　家

　　还是雪厉害,这么大的城市都被淹没了。那高得能戳破天的楼,那比蚂蚁还多的汽车,全在雪花的怀抱里。

　　这人啦,再能,也能不过天去。身上只穿着一件薄薄的毛衣,披着件外套的老石站在窗前,在心里默默感叹着。转过身来,刚刚的寒意马上消失了。这暖气烈,比老家的火盆强十倍都不止。

　　老石还是想念远在山里的家。虽然一个人很孤单,粗茶淡饭,火盆没这暖气暖和,老石还是想回到那个山窝窝里。但想只能是想,自从老伴去世,儿子催了好多年,直到去年生了场大病,再也没办法自己伺候自己,才随了儿子的心愿,来到儿子的家。对于老石来说,这不是自己的家,除了儿子媳妇和孙女,没有一点家的感觉。

　　好像有敲门声。老石挪到门口,凑到那个他们叫做猫眼的地方看,可什么也看不到。老石开门,没有,跨出门去,移步,伸头,向楼梯拐角处看。砰!防盗门关上了。老石衣兜一摸,砸蛋了,钥匙没带在身上。现在才九点多,这可咋办?

　　得!反正已经出来,干脆出去走走吧。

　　先是小区里转转,然后就出了门,马路左拐就是大街,再右拐,又是一条街。除了跟儿子出去过两回,这是老石第一次独自出来,很新鲜,很好奇。有段时间没走路了,老石越走越兴奋,一点不觉得冷。这一走,把城市的热闹和繁华都看了个遍,不知道回去的路了。

　　这时,老石才感觉到冷,把外套拉紧再拉紧,头缩了又缩,两只手臂紧紧抱在胸前,但不管用。老石拉住一对搀扶着行进的老人,问幸福大道叫什么国际小区怎么走。老石只记得幸福大道,叫什么国际是个洋名,总是记不住,问出来的话也就含糊其辞。老夫妇听了一遍又一遍,还是发楞,不知道老石说什么。原来老石那一口乡音,人家根本听不懂。又问了好几个人,都是如此。

　　鞋开始湿了,感觉到凉。手脚已有些麻木的感觉,身体也是。

　　街上的人稀少起来,不是回家,就是进了饭馆和酒店。老石的肚子咕咕地响,咽几下口水,手紧紧抵着肚子,稍微有所缓解。早上在家时还敬佩不已的雪花,有恨意产生了。口袋里没有一分钱,自己又不识字,这雪花飘飘的天,该如何是好。

　　老石有了主意,商场里很暖和,也不赶人走。老石在里面晃,只在服装电器区域晃,吃的喝的不能瞅,越瞅越受不了。走累了,就坐下来歇歇,一双眼睛瞪着外面漫天的雪花,恨不得看出白米饭来。

　　旁边有几位老人在闲谈,说有一个老人跌倒了,没人敢扶,活活趴在雪地里冻死了。另一个感叹说,只怪有些跌倒的老人太没良心,明明人家是帮你,却反过来祸害别人。还有谁敢帮?老石也听儿子媳妇说过,乍听的时候,觉得不可思议。这做人哪能这样呢?

　　老石提醒自己,千万不能跌着。就是跌,也要大声地喊,我是自己跌倒的。然后应该有人扶吧。八十多岁的人了,不愁吃不愁穿,活活冻死可就成笑话了。

　　一转眼,到了晚饭的时间,老石的肚子饿得有点痛了。老石很想讨点什么吃的,可又拉不下那个脸。

不行！这样不是办法。老石走出商场，一股刺骨的寒风扑来，像老虎的血盆大口，生吞活剥了自己。老石漫无目的地走，向每一个有灯光的去处，有时，看到路过的垃圾桶，紧上几步，企图找到点吃的，却大多无功而返。

老石的双脚已经无力，深一脚浅一脚地迈，身体也在摇摇晃晃。天暗了，可因为雪，还是白，灰暗的白。路灯光照在雪上，才有一圈一圈的暖意。老石已经跌倒几次，的确没有人来扶，连注意的目光都避之唯恐不及。还好，老石自己爬了起来。

老石想找警察，可警察看不到，很是后悔，在白天看见时为什么不求助？都一张老脸了，还怕什么丢人？想讨些吃的，随便什么都行，可此刻的大街上，已经没有什么摊点。几个酒店门口的保安，则毫不客气地把老石拒之门外，他们把他当流浪汉了。

又是一个繁华的十字路口，向左还是向右？老石颤抖着，脚像石磨一般重。一块硕大的屏幕非常醒目地在放电影，没人看，但照放不误。一个猥琐的男人，在女人中间钻来钻去，一双手迅速地伸向不同女人的屁股，惹来一串尖叫。警察来了，胳膊一扭，上了警车。

老石灵光一闪，迷茫的眼睛里有火花跳过。瞅准一个仍然穿着超短裙的女子，老石颤抖的手，坚定地伸了过去。在伸的同时，老石的眼睛狠狠地闭上了，同时闭上的是，还有心里的那一扇门。

那一个没有一点家的感觉的家，在温暖地招手了……

找　空

爸,我们老师说要找你谈谈。儿子站在门口,拦住正要出门的王三,不同的是,这回不是怯生生的了。

我找空吧。今天不行!

王三很坚决,因为今天要签一个大单,签好了,至少进帐五万。这话你已经说过七次了。儿子不依不饶,没有放他走的意思。是吗? 但今天真的不行,明天吧,明天找个空。

王三绕开儿子出了门。儿子把书包重重地砸在了门上,眼里有泪水下来了。

王三忙,连睡觉都在考虑问题。身在公门,是个小官,开会,材料,考察,交流,接待,总有忙不完的事。另外,手头上股票和基金的行情,得时时关注着;几家公司里有投资参股,不能不过问;以妻的名义开了家贸易公司,大小事务都是自己的;还有几个社会机构的职务,外界的邀请讲课,还有各方面的关系和朋友要应酬,等等。连手机一天都要换两块电板呀。

晚上,王三到家依然很迟,妻竟然没睡。怎么没睡? 王三很惊讶。又没找到空吧? 妻问。昨啦? 王三反问。爸住院已经一个星期了,你什么时候找到空去看一下? 噢! 不好意思,记着好好的,给忘了。明天找空吧,一定!

妻上火了。你什么时候找到过空? 我的胃痛快一年了,你陪我上过医院吗? 儿子的老师要跟你谈谈,都说多少次了? 你乡下的爸妈要你回去看看,电话都打烂了,你找到过空吗?

王三也火了。你以为我想这样呀。单位的事要忙,公司的事要忙,杂七杂八的事都要忙,整天忙得像个陀螺似的,还不是为了这个家?房子从没有到有,从小套到大套,从大套到别墅,要钱吧?车子要钱吧?儿子上私立学校要钱吧?补课要钱吧?将来上大学、工作、买房、结婚,都要钱吧?我们老了更要钱,没一堆钱放在那,老了日子怎么过?钱在那里,你不去挣,就让别人挣了。机会不等人啦!

妻没火气了,好一会,悄没声息地给王三倒了杯水,自个去睡了。

人还躺在床上,手机响了,原定的述职报告会提前到上午进行,中层干部一个不漏。王三抱歉地对妻子说:找空吧,我会记着的。望着丈夫匆匆穿衣、洗漱,然后出门,妻再也睡不着了。人呐,为什么活得这么忙,这么累呢?

王三的空还没找着,儿子的老师等不及了,直接打电话给王三,郑重提出见面的要求。哪怕只有几分钟。王三在开会,一个重要的会,看了下手表,问老师所在的地点。巧的是,老师所在的位置距离王三正好不远,于是两人约定,就在马路上见面谈谈。

一东,一西,通过手机通话的指引,两人由马路对面而汇合一处,见面了。一见面,都有些尴尬地笑了,尤其是王三。原来,儿子在一篇作文中写道,爸爸很忙,忙得跟他说话的空都没有,更从没关心过他的学习,关心过他。他有爸爸,可跟没有爸爸没什么区别。老师震惊了,再这样下去,孩子不用说健康成长,只怕会走上邪路。王三半天没有说话,他说不出话来,也不知道应该说些什么。

王三再没回到会场,就那么站在那,呆呆地,连手机响了几次都没接。王三回到家，一个人呆坐在好久没待过的书房里，思绪万千。书，曾经是王三的最爱，可满柜的书，已经多少年没动过翻过了。王三还喜欢书法，可笔墨纸砚早就上了霉，连放在哪里都不知道。王三喜欢大自然，喜欢在山水中静身和静心，可这些年除了匆忙去过路过的城市，山水连在梦里出现的机会都少。

王三发现窗台上有一盆不知道名字的小花，花型很小，淡淡的白。王三正凝神地看着，放学回家的儿子在背后说话了。这花是我从野外挖来的，已经一年多了，你还是第一次看它。你已经有三个月零十五天没跟我们一起吃过饭，你已经有五个月没打过电话给爷爷奶奶，你不知道我在几年级几班，更不知道我每次考试的成绩……

王三在听，又似乎没在听。王三转身了，面对第一次敢在面前滔滔不绝的儿子，仿佛不认识。这是儿子吗？儿子敢这样对我说话了？

你总在找空，但从没找到过。书上说，出家的和尚才会四大皆空，除非你遁入空门了，才会找到空，是吧？王三的手机响了，是单位的电话，说是他的体检报告出来了，肺可能有问题，要赶紧去详细检查一下。

王三的手落在了儿子头上，无力地。

可能会有空了，不用找就有……

找　乐

他娘的！没劲。

三毛嘴巴嘟哝着，进了家门，脚上的皮鞋踢到一边，就坐到了电脑桌前，打开电脑，玩起了游戏。白发老母亲叫吃饭了，连叫了三遍，都以一声嗯应付着，也不知道老母亲是听见了还是没听见。老母亲吃完，也不管他，径自收拾碗筷，抹桌子，洗碗，几个菜仍在桌子上，用菜罩罩住，忙她的去了。

正玩得火热，手机响了。嗳！诈鸡（以扑克牌为工具的赌博方法之一）干不干？玩多大的？大的你有钱玩吗？一毛起步（指十元为基数），上不封顶。我靠！只怕你没本事赢，老子还缺那两钱？你别输得认不得家就行。十分钟到。

话说着，人已起身，电脑也不关，穿鞋出了门。

三毛前脚出门，三毛的父亲进了门。搞了半天，是一帮老头老太太在过戏瘾，还叫什么票友演唱会。不行！听不出那味。老伴晃了出来，剜了老头子一眼。是没看到美女吧？哈哈！六十岁的崔莺莺，七十岁的张生，那身段，那眼神，那唱腔，叫你看，你也不满意。行了，有个乐子就行，别要求太高了。总比在家闲呆着，憋闷着好。

吃过晚饭，老头子打开电视机，手握遥控器按过来按过去。不是男男女女地相亲，就是唱那些怎么也听不懂的歌，那衣服穿得比叫花子还破烂，要不就是胡扯八道的电视剧，所有频道都调了几遍,也没个中意的。老伴在催,你不能早点洗洗睡吗?那东西有什么好看的。老头子一声轻微地叹息,关掉电视机,嘴里回答着:好好好,睡。那一个睡字,尾音拖得老长。

好不容易睡着了,床头的电话响了。老头子摸索着拿起话筒,是当局长的大儿子大毛打来的,声音很急促。什么?一个激灵,老头子坐了起来,像触了电。老伴问,咋啦?二,二毛出车祸了!老伴慌了,在哪?要紧吗?快给我听电话。老伴要抢话筒,但老头子不让。老头子在问,哪个医院?

电话挂掉,老两口急匆匆穿好衣服坐在那等,等大毛派车来接。老伴的嘴里在自言自语,一刻不停。都是有几个臭钱烧的包。那汽车能是好玩的吗?今天换这个,明天换那个,一天到晚跟人飙什么车。别说了行不行?他来家时,怎么不说?一直不停走动的老头子发火了,教训老伴。我说,我说管用吗?你老子的话都不听,还能听我的?两人都不作声了,能听见心跳的声音。

车来了,赶到医院才知道,情况非常严重,正在急救当中。二毛跟几个有钱老板在高速路上玩飙车,时速超过 220 码,在一个弯道上,避让不及,两车相撞了,宝马全散了架,二毛全身多处骨折,声息微弱。二毛的老婆和女儿哭红了眼睛,老母亲的泪水就一直没停过,老头子眉头紧锁,在医院走廊里走来走去。都在等,等急救的结果。

三毛到的最迟,人进门,还在对着手机说话。那一把要不是你,我绝对不可能收手,结果小两千打了水漂。一看到大家的阵势,匆匆挂了手机,拽过侄女,悄悄地问情况。那一晚,全家人都在医院度过的,唯独大嫂没来。

第二天中午时分,二毛的情况才稍稍稳定了一点,全家人微微松了口气。大毛上班去了,他是局长,一天到晚都忙。三毛又被电话叫走了，急匆匆的样，没个好事。老奶奶把要去上学的大毛的儿子小小毛拉住了，偷偷地问：你妈呢？

不知道。好多天没见了。

好多天没见了？那你在哪吃的饭？

我爸不让我到你那去，也不让告诉你们，在一个饭店给订的餐。

是不是又吵架了？为了什么事？

经常吵，又打又砸。妈妈总说爸爸不是东西，心都给野女人了，早晚死在女人裤裆里。

唏！别瞎讲。你妈的话听不得。上学去吧，放学后到奶奶家来，啊。

老人家一屁股坐在椅子上，再也不想起来了，眼里的泪水止不住地淌。造孽呀！这都是咋地呢。以前的穷日子倒平平安安，现在生活好了，却一个个不得安生。没一个争气的。

晚上，留下老头子在医院看守着，老奶奶回家烧饭。小小毛来了，放下书包，像个猴子似的，窜到电脑前就玩起了游戏，一边玩，一边大呼小叫。你不要写作业呀？小小毛头都不回，说，等会写。一双眼睛盯在屏幕上，放出光来。

饭好了，催了好几次，小小毛才坐到饭桌前，一边吃饭，一只手上还在玩掌中宝游戏机。老奶奶叹了口气，要是学习有这么用心就好了。奶奶，你不懂。我爸爸说，人活着，快乐最重要呀。学习太累了，没意思。

唉！这一声长叹很重很长，老人家的筷子在饭碗里搅来搅去，也捞不出一个米粒来，干脆放下饭碗了。眼前明明是孙子，却仿佛又是大毛、二毛和三毛，还有老头子的身影……

找　理

5月1日

今天是五一劳动节,俺一个农民,哪天都在劳动,过什么节?

早上到地里摘茶,跟二混家相邻的三棵茶竟然被摘了。去年也是,老婆子还跟他家里的吵了一嘴,差点动起了手。早先分产到户时,就已明确,以土坎为界线,总想占便宜。一气之下,我也摘了他家三棵茶,算是扯平了。

5月2日

狗日的二混,竟然把我家的茶棵毁了个乱七八糟。老婆子跟他吵,被他一石头砸在额头上,血流不止。

下午,我找到村里和乡里,村长和乡长都答应一定认真处理。无论如何,我决不放过他,别以为我是好欺负的。

5月10日

一个星期过去了,什么消息没有。早上看见二混,狗日的得意地朝我吐了口唾沫,这不是向我挑衅吗?我再次跑到村里乡里,村长乡长的话都差不多,什么乡里乡亲的,事情过去就算了,闹大了,以后不好相处。谁不想好好相处?问题是他欺负人呀,还把人头打烂了,这样的人不处理,就没王法了。

回来我才听说,二混的舅舅在城里当局长。我明白了,村长和乡长都是欺软怕硬。不行！我要的是一个理字。

5月11日

带上两只老母鸡和一壶茶油，我进城找孩子姑姥的叔伯兄弟。只见过一次面，好象也是什么局里的领导。

在认真听了情况之后，非常气愤，说这样的人肯定要处理。他叮嘱我，会通过县公安局跟乡派出所打招呼，要我先回去报案。有什么情况，再找他。

回来的路上，我的腰杆挺得笔直，天黑进家门时，看见二混家的，我连正眼都没看一下。等着吧，有你家二混受的。

5月13日

案报了，警察也来了，先到我家了解情况，用心地写在本子上，还按了手印。然后又去了二混家。

警车来了，二混带走了，我长出了一口气。老婆子头上还绑着纱布，兴奋地炒了个鸡蛋，给我下酒。

晚上，二混竟回来了，走过我家门口时，狠狠地瞪了我一眼。这到底是怎么回事呢？

5月14日

我到派出所，警察说时间已经长了，也没有证据，不好立案。我再进城找到孩子姑姥的叔伯兄弟，他说，算了吧。事情本来就不大，伤那个脑筋干么。经不住我一再追问，他才透露实情，原来二混还有个亲戚是县政法委的。

他无奈地说，我官没人官大呢，帮不了你了。我可不信那个邪，一路问到县政府，躺在县政府大门口，见不到县长就不起来。

他妈的,竟然把我逮起来,说我妨碍公务,要拘留我。好,你们拘留吧,我就不信了,这共产党的天下都不讲理!

5月23日

真关了我一个星期。太没王法了,打人的人不关,反而关被打的人。我找人写了材料,给市里、省里和中央都寄了,还寄给了电视台和报社。我相信,共产党能打江山,同样也能保江山,如果连坏人坏事都纵容和包庇,人民也就不可能再听党的话,跟党走。

6月27日

下午,副乡长来了,说只要我不寄不闹,给我家解决一个低保名额,一年有两千多块钱拿。如果还寄,就取消我家的农林补助和优抚金。我把他赶走了。我不希罕那钱,我也不需要什么狗屁低保,先把理找到再说。

7月30日

我托人写了个状子,交到了法院,只有这条路可走了。

10月1日

终于开庭了。

呸!法官也说缺少证据,缺少证人,难道我老婆子头上的伤疤就不是证据?我自己就不是证人?最可恨的是,村长和乡长都为二混开脱,说只听说吵了嘴,没听说动手。狗娘养的,良心都喂狗去了。

法官说庭外调解,让二混赔个不是就算了结。可老婆子治伤的医药费呢？我耽误了多少工时？

我坚决不接受！

11月15日

政府部门推来推去，没有一家愿意为我解决问题；报社电视台都说事情太小，没有报道价值。非要出人命才有价值？

老婆子骂我，说我为找什么理，把地里的事都耽误了，不知损失了多少钱。说我脑子坏了，不晓得轻重。

唉！连理都没了，还有什么轻重？再跑不到结果，我就要像电视上的一样，跳楼了，到北京的大楼上去跳。我就不信，找不到理。

12月30日

我上北京了，第一次。本想到天安门看看，又一想，看又找不到理，还是找理要紧。

元月15日

又是一年了，我在北京过的洋历年。

乡里派人也到了北京，把我给逮了回来，说我是危险分子，不让我外出了。我的理到哪去找呢？

3月15日

在家歇了好久，急得要命。人在干活，心却不在。

4月18日

孩子大姨家正在上大学的表侄来玩，还带了个叫做电脑的东西。说那东西能上网,好多老百姓有冤伸不了,到那上面一喊就全国都知道了,很快就有人帮忙。我高兴坏了,赶忙叫他帮我猛喊。

4月19日

今天是农历三月三,鬼节。

小鬼过节,但今天我比鬼还高兴。表侄说我成名人了,网上有好多人支援我,要帮我找理。我相信老古话讲得对:"有理走遍天下,无理寸步难行。"那叫什么网的东西,看来更讲理。

我打电话给在外打工的两个娃,哪怕挣不到钱都不要紧,要他们无论如何要学会上网。俺老百姓要的就是讲理的地方呀!

找　脸

那天,阿五到老乡鸡快餐店吃饭,生意太火爆,排着长长的队。好不容易排到了,阿五点了一个香菇青菜外加两碗米饭,一个小朋友好奇地问阿五:你就点一个菜呀,够吃吗?那一瞬间,所有的目光都聚焦到阿五身上,阿五面红耳赤,一下子矮小了好多,端托盘的双手都有点颤抖了。几乎是把饭菜倒进嘴里,灰溜溜地就逃出了快餐店。

怎么就撞上这等事了呢?我吃什么,关你小屁孩什么事,竟然干涉到我头上。别人大鱼大肉,我不喜欢吃不行吗?阿五真地是一肚子恼火,却无处发泄。完了,脸丢尽了,无时无刻不在想着,见到谁都不敢抵面,也不敢大声说话,怕别人笑话,更瞧不起。

不行!我得把脸找回来,要不以后没办法活了。

经过综合分析和研究,阿五得出一个结论,之所以丢脸,是因为自己的小家子气。这个社会是世俗的,势利的,有票子才会有势子,有势子才会有面子,至于票子是怎么来的,没人过问和在意。一通百通,阿五知道自己应该怎么做了。尤其是短暂时间内不能改变某些东西的当下。

网上一查,身边一问,本城所有的银行都联系到了,一个个上门来,一个月时间,近十张信用卡办好了。全城哪个商超最豪华最高档,到哪去,从头到脚,穿的戴的,拣知名度最高价格最贵的买。充分考虑到细节问题,连袜子都是名牌。第三件,拟了一个常用语词目录,甩手给了正在上初中的侄女一百元钱,让她教自己这些语词的英语读法写法。第四件,从网上搜索,找出若干个礼仪视频讲座,认真学习和模仿。

好了,阿五感觉自己像凤凰涅槃一样,脱胎换骨了。那种跃跃欲试的劲头,就像武林中人深山拜名师学艺即将学成出山,立马就想打败天下高手。

家里来人了,是乡下老家一个绕了几道弯的亲戚,路过看看。也就是喝杯茶就走的交情,可阿五一挥手,说:在吃个便饭吧。亲戚间应该经常走动走动。掏出最新款苹果手机,Hello!是皇家国际大酒店吗?我是 Mr.Wang,请给我个包厢,半小时之后到。

那顿饭很丰盛很高档,让亲戚大开眼界,对阿五连竖大拇指。阿五的父母也是见所未见,母亲瞅空把阿五拉到一边,偷偷地问:这得多少钱呀?你一个月才一千来块……阿五没让母亲的话说完整,拍拍母亲的肩膀,转身回了包厢。临到结帐时,信手掏出金晃晃的信用卡，轻巧地一刷，一串洋字码一挥而就，就出了酒店。那位亲戚腰弯成了九十度，一脸谄媚的笑，夸奖道：俺老王家终于出人了，老祖坟发热，光宗耀祖啊。阿五始终保持着得体的微笑，毫不在意的样，像极了那些顶级版本的名流。

现在跟往常大不一样了，和同事或者朋友出去，阿五是焦点和中心，一群人围着他，像众星捧月。喝茶，吃饭，K歌，休闲，都是阿五买单。有不能刷卡的地方，阿五会掏出鼓鼓的钱包，极其随意地抽出几张红通红的老人头，轻轻一丢，像是扔出几张纸去，眼光根本就不在上面。

好几个一直苦追却只看见屁股的美女，主动投怀送抱了，人还在五米开外，眼神就是一个迷人心魂的钩，送达阿五了。即使见到洋妞，阿五也能有说有笑，时间不大，就能挽起洋妞的胳膊一同走上几步。反正没人能看明白，只远远地瞩目。

最离奇的，是阿五的脸。很多人问阿五，是不是整容了。那光彩夺目的程度，那激情洋溢的程度，那迷人魅力的程度，跟某些大牌明星相比也有过之而无不及。围绕和簇拥阿五的，是拥护、支持和热情，与奥巴马那黑小伙子由平民跃升至总统有得一拼。

突如其来的，阿五的最新款苹果手机突然关机了，人也不见了，这让大家伙很纳闷。原先中了五百万彩票的说法又抬头了，是不是移民美国了？那恐怕就不止五百万了，可能是几千万甚至一个亿！

其实，此时的阿五已经坐在开往西部的火车上，是硬卧，脚下是化肥袋装着的被子衣物。连续不断的银行还款短信和电话快打爆最新款苹果手机了，几个借钱的朋友也像催命鬼一样白天黑夜地追着要，此时不走，不只是脸没了，只怕小命都难保。母亲床头柜的锁撬开了，里面空空如也，只放着一张阿五留给母亲的字条。上面写道：

妈，你辛苦积攒的给我娶媳妇的五千块钱，我拿走了。你放心，等我回来时，一定带个漂亮能干的媳妇。如果有人问起我，就说不知道，一切都跟你们没有任何关系。十年或者二十年后，我会回来的。您和爸就等着享福吧！

找　路

梦，实现了；路，却渺茫了。斯吾怎么也想不通，这到底是咋啦？

想只是偶尔，更多的时候，斯吾还得为稻粱谋而苦心挣扎。比如现在，绞尽脑汁地为一家企业写宣传稿，恶俗的老板在笔下摇身一变成仁义的儒商，巧取豪夺变性为奉公守法，奸诈盘剥变异为乐善好施。不这么写，就拿不到五百元稿费，那可相当于一个月房租，一个月生活费的一半，发表十篇文学稿件的稿费总和。如果，这样的差事多了，也就成为一条生财之道，也是生存和生活之路。可惜，也只是偶尔为之。

斯吾自从尝试这种合作以来，始终在纠结。于现实生活而言，非常需要，渴望多多益善，可对于为文为人的品行要求，就背道而驰了，仿佛不再是原先的那个自己。

曾几何时，斯吾很得意于儿时梦的实现。偏僻山乡，有字的纸就是渴求的读物，学校图书室里的陈旧书籍，在斯吾就是宝。路上，饭桌上，厕上，床上，牛背上，皆是如此。作家，多么神圣的称谓啊。

没想到的是，在走出山乡融入外面的世界之后，那梦竟慢慢地圆了。先是零星地发表，然后接连不断，再然后就戴上了作家的帽子。斯吾得意过，光环在身，荣耀在身，岂是他物可以换取。但世事的变化，却事与愿违。企业破产，不仅把斯吾推向了失业者行列，更宣示着市场经济时代的来临。钱成为核心，一切围绕着钱而展开。

斯吾曾拜访过一位古稀之年的老作家。狭小的屋里，满满堆放着书，一生的辛苦笔耕靠自费出版成书的书。无人问津，还欠外债数万元，一点退休金不足以保证清苦的生活。门口，满头白发的老伴风雨无阻地在帮人看车，换取一点生活补贴。老人还在写，常年伏案，不问世事与生活。斯吾离开的脚步异常沉重，他在想，将来的自己会不会跟他一样？

斯吾的脑海里忘不了 N 次求职的场景。拎着几十斤重的样报样刊，揣一本作家协会会员证，穿行在风雨中，更与冰冷的雪花较劲。什么文凭？从事过哪些工作？你这学历，只能做一线生产工人。作家？我们不需要。你到报社去看看吧。到了报社，你的学历太低了，光有作品不管用。

斯吾倔劲上来了。我不求职了，当自由撰稿人。我就不信，靠一支笔，养活不了自己，养活不了这个家。斯吾揽下了照顾上学儿子的职责，外带烧饭洗衣家务，让妻到外面上班。一天的时间表列好，什么时间段干什么，以闹钟提醒，井井有条。拓宽写作的面，有钱挣，挣多多的钱，才是目标。

散文、小小说之类文学稿，一篇几十元稿费，偶有余兴的边角。纪实很来钱，可讲求真实性，素材难得，软纪实可以凑和一下。故事的稿费不错，但不是斯吾的擅长，边研究边尝试。一些刊物用稿,有自己的特点和风格,对上口味颇不容易,时常会写废。斯吾四面出击,做猫了,不管白猫黑猫,逮到人民币这只老鼠就是好猫。

斯吾到邮局取稿费,同时取汇款的,是一个儿子在浙江打工的老人。斯吾十几张汇款单递进去,递出来不到一千块钱,老人的儿子在工地上干活,每月汇来家三千。老人奇怪,问:你那么多单子,怎么才这点钱?斯吾不好意思地说,我这是写文章的稿费呢。老人钦佩中更不解了,说:写文章可是文化人才能干的事,这么不值钱?斯吾很尴尬,想走,老人不依不饶,你就靠这个生活?够一个月花的吗?斯吾落荒而逃,他感觉所有人的目光都像针一样在刺他。

一段时间下来,疲惫不堪,脑袋也掏得空空,再滴不出一点墨水来。最要命的是,收入更不尽人意。

骑着破烂的自行车从城中河边过,本来没有路,可抄近道的多了,慢慢地就成了路。斯吾的破自行车颠得唏哩哗啦响,屁股也生疼,等拐上大街时,视线所及,斯吾的自行车可以说是独一无二了。最怂的都是电动车。

拐了几个弯,斯吾绕到城郊的稻田边,坐在了田埂上。满目金黄的稻桩,细细窄窄的田埂像方格纸似地分割,偶有农民烧土粪的灰白烟雾像画笔涂抹,很值得描写的景致,可斯吾没那个心情。

晚上,妻说起叔伯强行修改侄子的高考志愿事。儿子问:爸,你不用担心我,我跟你一样喜欢文学。斯吾惨淡地笑,笑得很苍白。斯吾说,文学可以喜欢,但不能成为人生的唯一,作为饭碗,还是慎重为好。

妻和儿子都停下了吃饭的筷子,不相信地望着斯吾。这是那个说出"书和写作在我的心目中,是跟你们同等地位的"的斯吾吗?

找　骂

牛总在找一样东西,非常辛苦地找,但总是不如意。

有人感到奇怪,有钱就有一切,牛总都已经资产上亿了,还有找不到的东西?但事实真的如此。

牛总为此特意回到生他养他的偏僻小山村。奔驰没到村口,远远地就见大红横幅高挂,上书"热烈欢迎某某集团牛总荣耀回乡省亲",乡村干部和乡亲列队迎接。大摆宴席,父母上坐,牛总其次,乡村领导作陪,推杯换盏,好不热闹,敬酒的人排成队。可牛总却不在状态。

老母亲心细,看出牛总有心思,瞅空拉到一边,悄声问:娃,没什么事吧?牛总心中久违的暖意上涌,把母亲拉到门外,哼哧半天,才冒出一句:娘,我还想像小时候那样,听你骂几句。母亲楞了,一双昏花老眼盯紧牛总,恨不得看到骨头里去。娃,咋啦?生病了吧?牛总把头横摇,连声说,没有没有。老母亲不放心,追问,那你是……牛总叹了口气,嘴里说着没什么,扶老母亲回了席。

牛总凑到小时候经常欺负自己的二蛋身边。二蛋很激动,慌乱,连忙站起来。碰杯,酒干,牛总一把抱住二蛋,说,经常想起你。二蛋脸红了,像做了错事被发现。还记得小时候吗?那时候真是开心。牛总凑近二蛋的耳朵,小声地说,还记得当年你怎么骂我的吗?好想再听一回。二蛋脸更红了,手在抖,身体也在抖,恨不得一下子钻到桌子缝里去。牛总知道二蛋误会意思了，可又实在想不出该怎么说。

牛总到母校，拿出十万块钱，交给当年教他的老师，说是一点心意。老师说，你出去这么多年了，还有这份回报之心，我代表学校和孩子们向你表示感谢。牛总很歉意，当年太顽皮，没少让您费心。我现在还想听您骂我几句呢。老师笑了，说：你都是优秀的企业家了，是社会精英，我可没那个胆。牛总失望了，他感觉一切都远了，包括朴实和温情，远得不近人情。

回乡之行失败了，可牛总不甘心。他想到了一个人。当年，可没少挨她骂呀，骂得狗血喷头，无地自容，连父母和八辈子祖宗都未能幸免。

牛总回家了，有段日子没回那个家了。老婆见他回来，眼睛里放出光来，走路像跳舞似的，特兴奋。递鞋，接包，泡茶，洗水果，紧接着烧饭。你不用忙，只有个小事麻烦你。

老婆手上的动作立即停了，很陌生的眼神望向牛总。这是那个气焰嚣张，跟自己斗争了几十年的老牛吗？牛总说：我在写创业回忆录，现在写到我们初结婚时的生活和创业原因，有些细节我淡忘了。当年，你不是经常骂我吗？都是怎么骂来着。老婆一下子尴尬起来，要是回到几十年前，立马就会骂声再起，瞬间就把他覆盖了不可。可现在不一样了，他是大老板，还指望着他过好日子呢，只要不离婚，怎么着都行。

都是过去的事了，还提它干么。面红耳赤的老婆不敢看牛总，声音很小，小得不好意思。牛总有些急躁了，说，我只是要你帮我回想一下，写书用的。老婆更不敢作声了，只闷头做自己的事。牛总一声沉重地唉，抓起包，换上鞋，出了门。

牛总把秘书叫进办公室，直接命令道：来，骂我几句，随便怎么骂。秘书小张美丽的小脸吓得像一张白纸，双手直摇，辩解道：牛总，我可没骂过您，一句都没有。你可别听信别人的谣言呀。牛总手一挥，说：我现在就要你骂我，明白吗？秘书快要哭了，娇滴滴地说，牛总，我真地没有骂过您，如果骂过，我不是人养的。牛总没辙了，挥挥手，打发了秘书。秘书掉着眼泪走出了办公室。

牛总再找几个下属，要么跟秘书一样误会了牛总的意思，要么赞歌和马屁混合使用。您可是我们敬爱的牛总呀，伟大的舵手和领航者，是这个时代的精英和先锋人物，是勇立时代潮头铭刻在史册的传奇英雄。我们有什么资格骂您呢？

一直没能如愿的牛总，郁闷地来到情人那。一番温柔缠绵之后，牛总怀抱着情人软玉温香的身体，说：你会骂人吗？情人的头往牛总怀里拱了拱，娇嗔道，你好坏。难道我不是好女人吗？牛总说，你当然是好女人。那这样吧，你学学别的女人是怎么骂人的。情人撒娇，那是坏女人干的事，我不想学，也学不会。任凭牛总怎么哄劝，情人就是不答应，只好作罢。

从情人家出来，牛总精神恍惚，还在想，怎么找骂也这么难呢？车开着，脑子里还在想。不好，撞人了！牛总忙下车查看，没看到什么伤，一切都很正常，但被撞的人就是不起来，躺在地上耍赖。同行的人在大呼小叫，奔驰撞人了等等，引得路人都围过来看。牛总气不打一处来，从钱包里甩手掏出一叠，扔出去，说，你们不就要钱吗？给！滚远点。

这下麻烦了，那人手指着牛总，破口大骂：你不就有几个臭钱吗？有钱就了不起，就可以随便撞人？……那骂滔滔不绝，比黄河之水还汹涌澎湃。

牛总一脸地笑，幸福地笑，很享受地听着。他似乎找到感觉了！

找 门

　　黑暗像绳索,像锁链,像网,紧紧地捆缚。视线,手,脚,思想,心灵,都在捆缚的范围。上,下,左,右,前,后,皆是沉重无比厚重无比的黑暗。

　　门呢? 门,你在哪?

　　这是执着做的一个梦,连续做了好几个晚上,内容一模一样。其实现实生活与梦还是有区别的,区别在于梦中是没有门的,一扇门也没有,但现实中有一些门,只是执着想要寻找的那扇门一直找不到。

　　比如昨天晚上,老婆把两瓶茅台和两条中华都准备好了,让执着送到她娘家当教育局长的舅父家去,让舅父出面,把还差几分的儿子给录取到本市最好的中学。老婆说得很明了,你自己不求人,一辈子反正快过去了,没混到名堂就算,可儿子不能被你害了,他的前途还远大着呢。执着拒绝了,坚决地拒绝。那一扇门,执着不想进。

　　再比如上个月,一个做建材生意的老同学找到执着,让做点工作,把所有建材供应业务都交给他,款到好处到,一只手正反摇摇。意思是货款的百分之十,其它人的好处费另算。执着拒绝了,严正地拒绝。那一扇门,执着也不想进。

　　这样的门太多太多,一扇接一扇地在面前出现。可执着不想进。苦恼的是,太多这样的门把执着给包围了,门挨门,门连门,门叠门，成为墙，成为城堡，成为世界，执着身在其中，无处可逃。很多时候，执着有一种喘不过气来的感觉，太闷，太压抑，太广泛，茫然四顾，就是找不到逃脱的门。逃脱的门，是执着想要寻找的门之一。

那天，执着和同事到一个陌生的城市出差。为等一个约好的人，车子停在路边等待。一个腰弯背驼的老奶奶，一手拽着肩膀上装了不知什么东西的化肥袋，一手拄着竹竿，一步一晃地过马路。可能是来往的车辆多，走急了，刚走到执着的车子前方两米处，一歪，跌倒了。歪在地上，半天没动静。执着连忙要下车，给同事一把拉住。

你不想好了！同事责问。执着说：这么大年纪的老人，得帮一下。网上那么多的新闻你没看吗？你帮，就成你干的了，到时候有一百张嘴都说不清，倾家荡产都赔不起。那些新闻执着看过，也叹息过，痛骂过，可此时此刻，执着根本没想到那么多。结果，执着的救援行动被阻止了不说，有同事还建议，车子往后倒一段路，免得老奶奶欺诈，说是我们的车子撞的。更有同事想出妙招，掏出手机来拍老奶奶，拍到老奶奶起来，走开为止。以便作为证据，想诈也诈不上。

执着眼瞅着老奶奶雪白的头发在寒风中飘拂，心里说不出地酸。这可是人的世界呀，还有人情味吗？

邻居家的小子，三十多岁了，不愿上班，一天到晚在网上趴着，光啃父母的那点退休金。看到别人养藏獒，非要买，父母不让。偷偷撬母亲的箱子，偷钱，被老母亲发现，死命不给，小子一急，抓起剪刀，刺向母亲。那可是生他养他的母亲呀，竟然死在了他手里，那藏獒比母亲还重要？

有一段时间，执着实在心累的慌，跑到好多年没回去过的乡村。执着失望了,城市和工厂在向乡村漫延,在鲸吞土地、植被、水源、空气和天空;一座座山被挖得千疮百孔,像长了满脸的疤痕;小河里的水干了,少少的一点浑得像泥塘;鸟语花香慢慢销声匿迹,纷纷被高价移植,远走他乡;新楼房到处都是,树木越来越少,垃圾也到处都是,而且无人过问。有些地方,盖的好好的房子没人住了,都跑到了城里,广阔的农村天地即将荒无人烟。

怎么成了这样呢? 看到的,是丑恶,是冷漠,是残酷,是腐烂,是变质;听到的,是虚伪,是阿谀,是狡诈,是肮脏,是争斗;闻到的,是钱味,是腥味,是骚味,是狼味,是臭味,是恶心。执着在寻找一扇门,急切地,先是逃脱,然后跨越和进入。逃脱不是最终的目的,跨越和进入才是终极。

遥遥地,有寺庙的钟声传来,执着心中一震。都说佛门是净地,是"跳出三界外,不在五行中",那会是我需要的门吗? 执着兴冲冲前去,仰首可见高大慈祥温和的佛像,法力也应该无边吧。

一圈还没转完,佛音尚未缭绕,执着发现端倪了。烧香,还愿,求签,等等佛事皆与钱有关。香分三六九等,磬不会随便敲响,钟声待价而沽,签为富贵者圆满,纵有虔诚向佛之心又能奈何? 仍然是人在操控一切。那一扇门,执着不想进。

门呢? 门,你在哪?

这一番呼喊,与梦中一般无二了。

找 梦

不知道为什么,最近总睡不好觉,连梦都不会做了。几个朋友聚会,其中一个朋友突然诉苦。一石惊起千层浪,几个朋友纷纷响应起来,而且惊人地一致,都好久没做过梦了。

我是个心理医生,一下子有了兴趣,提议大家把可能影响睡眠的原因都说出来,大家一起共同分析,看能不能找出其中的缘由。

都赞成,朋友 A 先说。你们都知道,我是当兵出身的,这咋唬咋唬还行,真落实到书本上就够了呛。本来也不指望有什么发展了,混到退休了事,可最近单位里在推行什么末位淘汰制,急呀。这么大岁数的人了,当年军中一只虎,真要被淘汰了,岂不是笑话?

朋友 B 说,我给自己打工,赚了赔了都是自己的。这几年不景气,生意不好做,可场面上还得撑着,开销小不了。眼见着别人都住上别墅了,车子也成了宝马奔驰,随便哪个国家想去就去,咱比不上,但也不能太落后吧。那方方面面的交道那能打吗?真要是给挤了下去,以后的生意可就不好做了。累呀!

朋友 C 长叹一声,说,我自己也就这样了,饿不死,胀不坏,可孩子的事头疼呀。大学毕业五六年了,高不成,低不就,换了七八家单位了,楞是稳定不下来。女朋友倒是谈了几个,可同样进入不了法定程序。他不急,可我急呀,老伴比我更急,一天到晚在我面前唠叨,连个安静的时候都没有。唉!

朋友 D 开口了,你们考虑的都是自个的小问题,我不是。现在的自然环境社会环境太恶劣了,简直让人没法活。奶粉、酒、饼干有毒,基本生存保证的米、蔬菜和鸡鸭鱼肉也有毒,连水和空气都有问题了,你再有钱管用吗?说不定哪一天,肚子刚吃饱,却一命呜呼了。生命,太脆弱了呀!

都说完了,安静了,长久的安静。得我说话了,是我的提议呀。嗯,嗯。我轻咳了两声,然后开始发言。其实呀,我们大家最迫切需要做的,是调整好自己的心态,心态决定着一切。有些事情既然是我们的力量不能改变的,那就看淡它,忽视它,随遇而安,不要把太多的注意力集中在上面。过多关注的结果,只能是吃不好饭,睡不好觉,一天到晚弦绷得紧紧的,身心健康先一步受到影响了。不值得呀,是不是?

梦,是在轻松自在和心态平和的前提下,才会有的。各位如果能听我一言,相信,那梦不用找,自然就回归了。哈哈!

回到家,已是午夜了,我简单洗了下脸脚,往床上一躺,感觉舒服多了。可好半天过去,一双眼睛还是睁得大大的,一点睡意也无。

怎么总是睡不着呢?

找　娘

娘，你在哪呢？

妻出差一个星期，一直没在家带过孩子的阿旺，终于知道了手忙脚乱的滋味。两岁的儿子，吃喝拉撒睡玩闹没一刻闲着，就是这样，还一个劲地哭着要妈妈。什么都满足了，可少了妈妈还是不行。阿旺久藏于心的坚冰一样的东西，突然间融化萌发了，一发而不可收。于是，无声地喊出了开头的那句话。

那时候，阿旺不过三四岁，前有姐姐，后有妹妹，生在穷乡僻壤，憨厚的父亲面朝黄土背朝天，连饱肚子的粮食都扒拉不出来。哑巴娘一气之下，走了，只留下苍凉的背影，至今仍戳着阿旺的心深深地刺痛。发愤，努力，奋斗，拼搏，从苦难中摔倒再爬起，时至今日，终于小有所成，不大不小的公司，安在城市的家，优裕的生活等等，与苦难的童年形成强烈的对比。

有一个画面，像一团火始终温暖着阿旺。幼小的阿旺病了，发烧，嘴里时而说胡话，哑巴娘怀抱着阿旺，焦急的眼神，不停地换冷水毛巾敷阿旺的额头，整整一夜没有合眼，整整一夜都在忙碌。哑巴娘的形象模糊了，但画面经久不散。

阿旺原以为，自己对娘只有恨，恨娘的无情和狠心，连生养的儿女都抛弃不管。可就在刚才的一刻，他才知道，其实内心深处早就原谅了娘，理解了娘，而且渴望着能叫上一声娘。生而为人，怎么能不要娘呢？可娘在哪？一下子，阿旺有一个强烈的念头,那就是一定要找到娘,让娘享享迟来的清福。

阿旺回乡了。先是翻箱倒柜地找娘的照片,找来找去,只有父亲和娘结婚证上的小照片,好歹是有了。憨厚窝囊的父亲,一句话都说不出来,问也是白问。阿旺到处走访跟父母一般年纪的乡邻,询问娘的情况,包括长相、性格、习惯、娘家在哪、怎么出走的等等。虽然收获不大,但阿旺找娘的决心反而更加坚定了。

根据阿旺了解到的情况,当年的娘是跟随逃荒要饭的母亲来到本地的,不识字。是北方人,是本省的北方还是北方的省份,具体哪里不得而知。谁家都不能吃饱,又哪有多余的施舍,憨厚的父亲把自己碗里锅里的都给了母女,自己喝上一碗水,下地干活去了。母亲把哑巴娘丢下了,说这样的人放心可靠,起码饿不死。

阿旺思来想去,实在是理不出个头绪,简直是大海捞针呀,如何找呢? 当看到报纸上大篇幅地炒作选美大赛时,阿旺有了主意,何不来一个"苦娘大赛"呢? 重金寻找天下最苦的娘,圆苦娘想圆的所有的梦。与策划公司一交流,也是拍桌叫好,立马进入筹办程序,媒体协办,企业赞助,如何炒作,如何扩大影响力,力争办成最有创新意义最有教育意义最有轰动效果的活动。不但要借机找到娘,还要唤醒人们的爱意识和感恩意识,可谓一举多得。

与本文无关的在此省略。话说"苦娘大赛"火爆异常,特殊的入选条件更是吸引人的眼球。比如或哑或聋或肢体残疾是入选条件之一,因为特殊原因被抛弃或抛弃过亲人是条件之一,等等,很多媒体自发地参与报道与宣传,影响空前绝后。阿旺很高兴,这样的阵势,娘无论在哪个角落都应该会现身的。她自己不主动现身,身边的人也会把她给抬出来。因为,她太符合条件了。

阿旺并不关心结果，他要的是找到娘。所有报名者的资料，阿旺都会仔细过目。所有的初选，阿旺都在现场，甚至提出问题，以便鉴别。直到最终的决赛现场，阿旺没有缺席过一场，可阿旺收获的，却是痛心疾首地失望。实在是抱着太大的希望啊。

阿旺发现一个细节，很多苦娘并不要重金的奖励，只希望圆梦，找到失散亲人的梦，成为健康人的梦，助儿女圆梦的梦。她们的心里，几乎没有自己。

阿旺又没有失望，他感觉，每一位母亲都是他的娘。他几乎是饱含着热泪从头看到尾，天下怎么有这么多的苦娘呢？她们可是娘呀，亲亲的娘，为什么偏偏与苦纠缠不清？

作为主办单位的负责人，阿旺上台讲话了。话未出口，泪水已滚落，阿旺说：各位娘亲，你们受委屈了。你们在受苦，是天下儿女的不孝不该呀。我本希望通过这个活动，能找到我的娘，可惜没能如愿，但我很庆幸举办了这个活动，因为从此，我有了你们这些个娘。你们，都是我的娘亲！

找钱

老石在外地工作了五年，终于调回家门口了。女儿又唱又跳，老婆的嘴咧得合不拢，唯独老石自己一脸地郁闷和悲愁，像接到即将入狱的判决似的。

老婆上火了，也开骂了。你就是个不要家的人，什么都不管，什么都不干，一天到晚把你伺候得像个老爷还嫌这嫌那。你当初要成家干什么？也省得我们跟你后面受罪。等等，都是老石听腻了的，但不听绝对不行。

所以，当初老石能够调到外地工作，很大程度上是自己积极努力的结果，起码乐个清静。但领导是关心他的，说他常年在外，照顾不到家，时隔五年，就"胡汉三又回来了"。听说他回来了，老朋友老同学们的电话就没断过，说一定得聚一聚，恭喜一下。老石想想也是，偶尔蜻蜓点水地回，好多事都是麻烦老朋友老同学们操劳的，怎么着也得表示一下感谢。这顿饭，必须得请。

可经费从哪来呢？

自从老婆闪亮登场以后，工资卡就交给老婆了，连工资多少都没关注过，关注也没意义。每月由老婆发给若干生活费，这生活费包括在单位就餐的伙食费、日常生活用品购置费、来回路费等，非日常性开销以事前申请和事后发票为凭，实行报销制。社交基本上是不允许有费用产生的，申请也是白搭。唯一的出处，就是可怜的私房钱。

对！赴外地工作前夕，好像藏过一笔私房钱的。这几年过去，倒差点忘了。可藏在哪呢？老石抓耳挠腮，就是想不起来。老石趁着老婆不在家，卧室、客厅、书房、厨房、卫生间和阳台，包括女儿的房间，都翻箱倒柜一遍，但一无所获。

唉！只能怪自己。想当年，好不容易攒个几十几百的，今天藏这，明天藏那，是"打一枪换个地方"，比做贼还心虚。别人经验之谈的鞋底、灶下、桌肚和灯座等等，老石是均有实践，可老婆的精明不亚于前苏联克格勃和美国中央情报局，过不了一个月，就得思谋着换地。要知道，老婆可是有令在先，如果发现私房钱，老娘的每月孝敬钱立即取消。这可就要了老石的命！老婆掐住的是老石的七寸，只能言听计从。

请客的事迫在眉睫，老石急得团团转，如果磕个头下个跪能行得通的话，老石也照做不误了。

掏出手机，老石打了个电话给在高中住校读书的女儿。闺女，最近怎么样？很好呀，你怎么想起来打电话给我？哈哈！一直有你妈关心你，我不就省事了么。现在我妈也还在关心我呀，你怎么又多事了呢？这丫头，关心你还不好？开玩笑的，爸。谢谢你的关心。噢，对了，想起个事。我有个什么证，里面可能夹了一点钱，不记得放在哪了，你和你妈一直没发现过？老爸，你可真够勇敢呀，佩服佩服！死丫头，调侃起我来了，你还没回答我呢。唉！看在你是我老爸的份上，我就当一回判徒吧。没有，到目前为止没有！

老石悬起的心，回落了些。老石又打了个电话给老娘。妈，最近还好吧？过两天有空回来看您。每月的钱都打给您了吧？如果不够用，您就说，不要省，该花就花，该吃就吃，只要身体健康就好。

那颗心，基本上落地了，但问题还没解决。坐在电脑前，习惯性的一百度，什么样的藏法都有，真服了咱中国的男人们，那点聪明才智全用来对付老婆了。对照着百度出的内容，老石逐项试之，忙活了大半天，还是一无所获。老石恨不得手上有个吸铁石一样功能的吸钱石，在屋子里那么一扫，钱就自动出来了。

钱啦，你在哪呢？你就可怜可怜我吧，快点现身好吗？老石好像还没这么期盼过谁，哀求过谁。一向很看淡钱的，今天是个例外了。

老石再一遍翻看书柜，一本书里的书签掉了出来。捡起书签的一刻，心不自禁地跳了一下，又是一下。立即，老石把所有的书都一本本地翻查起来，他想起来了，钱是夹在书里的。因为老婆从不看书,所以他认为书是最安全的地方。

全翻了一遍,没有。老石开始绞尽脑汁地回忆,终于,回忆有结果了。钱藏在自己的大学课本里!可课本在哪呢?老石记得很清楚,自己从小学到大学的课本都一直保留着,可现在一本都没有了。

晚上,老石质问老婆,我的课本呢?老婆淡淡地说,卖了,太占地方。课本怎么可以卖呢?老石犯急了。你以为你是谁?还能像名人用过的东西那样,拍卖个好价钱?老石无语了,也没了反驳的勇气。背对着老婆睡觉的一刻,老石愁上了:

这请客的钱从哪来呢?

找　钱2

钱丢了!

王二蹲在地上,哭得呼天抢地。那可是救命的钱呀,整整两万块,父亲在医院等着这钱做手术呢。

这钱,是家里的一头牛两头猪三只鹅四只鸭五只鸡卖了,另外再借了上万块钱的债,现在全没了。王二哭得那才叫伤心,谁见了都心颤得慌。

一圈人围过来,有直接劝的,有问怎么回事的,有看热闹的,有希望通过当听众了解究竟的。在情绪非常的情况下,王五也说不出多的来,只重复着一句:

两万块呀,没了!

一个老板,本来很热心地凑在近前,非常关注。一下子没了兴趣,冷了脸,摇了头,转身就走。边走,边嘟哝了一句:小两万,至于吗?

同时或分批次走开的,还有一些。失去了关注的兴趣,估计是一方面,还有爱莫能助。有两个老年人比自己丢了钱还急,催促王二:赶紧想想,在哪丢的,抓紧去找。对!一语点醒梦中人,王二腾地站了起来,光在这哭有个屁用。

王二一边疾步快走,一边快速地回忆,回忆自己一路走过的地方,有哪些地方可能会丢。刚出的车站,上了趟厕所,其它,哪也没去。

正想着,差点撞上了一个眼戴墨镜,头戴礼帽的挂棍人。老板,我帮你算一下吧,不准不要钱。王二先是一喜,紧接着脸又痛苦地拉长了,翻出自己的口袋底,可怜巴巴地说:我一分钱都没了。行行好,帮个忙行吗?挂棍人高昂着头,不理会王二的说法。要不,等钱找到了,加倍给你。王二能说出这话来,是下了狠心的。挂棍人晃晃悠悠地迈开了步,闲庭信步一样,从人缝中消失了。

王二来到厕所,在城里,这叫洗手间。里里外外跑了好几遍,低着个脑袋找了好几遍,想不出会丢在哪。已经被人捡去了?那是用布裹了一层又一层的,一小捆呢,放在哪,都会引人注目。

老弟,丢什么东西了吧?一回头,一个看不出什么身份的人抱着手臂,貌似淡然地站在身后。他能主动问我,是他捡到了什么吧?王二像遇到了救星,热情加悲戚地求救上了。你看到了吗?一个这么大的布包。一边说,一边比划着。

里面是钱吧?那人又追问了一句。对对对,你捡到了?王二慌手慌脚了,一把抓住那人的胳膊。那人甩开王二的手,不慌不忙地说:捡倒是没有捡到,但我可以帮你找到。王二有些失望,但还是充满信心。你怎么帮? 时间就是金钱,我总不能白帮吧? 那人两个手指轻轻捻动,意思很明了了。

王二垂了头,丧了气,什么也不说,掉头就走。那人嘴一撇,冒出两个字:穷鬼! 王二没功夫跟他计较,自己还得抓紧找钱呢。

来到出站口了。这里很有可能! 王二断定,出来时,人特别多,人挤人,挤得王二有点喘不过气来。王二拽住一个好像是穿着警察制服的人,那大盖帽,那衣服,那牌牌,应该就是。

警察同志,你一定要救救我。我的钱丢了,那可是救命钱呀。警察很漠然,不以为然地说:一个大男人,钱都保管不好。你人怎么没丢? 王二说:肯定是小偷偷的。警察同志,你得帮我做主呀。小偷脸上写着字吗? 来来去去这么多的人,我上哪找去?

警察叔叔不就是抓小偷的吗? 一个路过的小学生,站住了,对警察发出了天真的质问。警察的目光巡视着整个车站广场,任何风吹草动都在他的眼里,但向他提出质问的小学生除外。

你,还有你,怎么跨栏杆了? 罚款 100 元! 警察逮住两个翻越栏杆的人了,利索地掏出罚款单,麻利地收钱开据,然后回归成保护神,巍然屹立,守护四方。

王二沮丧地走了,脚步沉重。十有八九是遭遇贼了,王二一屁股坐在了车站广场上,再次嚎啕大哭,哭得是惊天动地,日月无光。

有远远默默关注的,有驻足观看一番又继续匆匆步旅的,有摇头叹息的,有冷眼相看的,有警觉四顾加快步伐的,什么样的都有。见怪不怪,类似的情况多的是,谁知道是真还是假?

突然,几个小学生模样的孩子打着一个横幅过来了,走近了才看清,横幅上写的是:"伸出爱心之手,挽救一个生命!"孩子们站在了王二的身前身后，每个人身前还有一个募捐箱，稚嫩的声音一遍遍地向行人呼喊着。真正掏出钱来的不多，但孩子依然很努力，寒风也没能阻挡住他们的声音和小手。

一个又一个破衣烂衫的乞丐过来了，有的还是残疾人，一条线排开，坐在王二的面前。王二先是发楞，不知道怎么回事，当一个乞丐把讨得的零散小票全部放到他手里，再回转身，继续乞讨时，王二的泪刷地就下来了。

王二借来手机，对着手机高喊：

爸，咱有救了！

找　诗

据说，女孩的母亲生女孩时，难产，甭管如何声嘶力竭地叫喊，女孩就是不露面。不知哪位护士的手机响了，彩铃是童声朗诵。"红豆生南国，春来发几枝……"诗还没朗诵完，女孩出世了。

父亲是语文老师，一拍即合，就取名为诗儿。说来也怪，这女孩特别喜欢诗，再哭再闹，一听抑扬顿挫的诗，就安静了，还露出迷人的笑脸。女孩秀美，清纯，一双幽深的眼睛像千年的水潭，淡淡的忧郁像是林黛玉在世，说不出的惹人怜爱。从小到大都是。尤其是很小的时候，托着个小脸，一个人孤独地蹲坐在墙角，看地上孤怜怜的草或者是寂寞游走的蚂蚁，谁都忍不住要上前关爱一下。

诗儿，在干么呢？人，动都不动，只是红润的小嘴吐出三个字：

想心思！

想不笑都难，更想抱抱她，亲亲她。只有一样东西，会让她神采焕发，那就是诗。先是父亲一句句地教，然后是自己从书上读，古诗也好，新诗也罢，只要是诗，她就喜欢。在读诗的时候，像有光环笼罩着她，绝对地光彩夺目。

一转眼，到了谈婚论嫁的年龄，不见风吹草动，上门提亲的倒络绎不绝，全不在她的眼里。有几个年轻后生不信那个邪，拿出锲而不舍的干劲非追到不可。张亿是典型的富二代，家里的钱海了去，可苦于诗儿就是不给接近的机会。张亿夸出海口，要在情人节那天把整座城市的玫瑰花全部买断，让诗儿成为唯一拥有玫瑰花的人。有人把这话传给诗儿，诗儿涩涩地一笑，还不如枝头一片枯叶的飘落更能引发她的伤感。

王一是高干子弟，自己年纪轻轻已经身为处级干部，之所以久久未娶正是因为眼光太高，而诗儿恰好符合了他的要求。他的追求方式有些独特，先是把诗儿的父亲升为学校副校长，然后在公务员公开招录中特意为诗儿设置了一个岗位，遗憾的是，诗儿对此不屑一顾，只能说是枉费心机了。

还有另外几个后生，求爱招法大同小异，送钻戒、汽车乃至房子等等，红了很多女孩子的眼，打动的是诗儿父母的心，没当回事的是诗儿。最后的结果，都以失败告终。

时间一长，谁都知道了，诗儿的要求与众不同，那就是：谁要是能写出打动她的诗来，谁就是喜结连理之人。人们纷纷感叹，都啥年代了，钱才是最实惠的，谁还写那没用的诗？这话刺激诗儿了，在报纸上公开发布以诗征婚的启事，大幅的玉照配以简洁的文字，明确昭示：

唯诗动情,一诗定身。你,是那写诗的人吗?

轰动效应是有的,讽喻,调笑,不屑,感叹,各不相同。不说别的,那美丽的容颜就足以吸引一大群喜欢或不喜欢诗的人,写或不写诗的人纷纷投出了自己的诗作。其中不乏一些在诗歌界颇有知名度的著名诗人,甚至寄来整本的厚厚诗集。

在堆积如山的诗稿里,诗儿并没有笑容呈现,相反,忧郁日渐浓厚,愁眉紧锁,愈见沉重。这叫诗吗?要么像口水似的大白话,要么拿来前人作品换上几个字,要么根本不知所云,更多的是剽窃之作。

诗啊,你怎么啦?

诗儿离家出走了,简单的行囊,没有目标,或者说,诗就是目标。诗儿要找诗。大漠风沙,边陲荒凉,草原辽阔,黄土浩瀚,没有诗儿不敢涉足的地方。寻觅是艰苦的,但诗儿眼睛里的那团火,始终灼热如日。

一个自称是诗人的人,打跑了几个正骚扰诗儿的混混。诗儿很感动,说,能给我写一首诗吗?诗人说,我不会轻易动笔。诗是心灵的语言,是浑然天成的天籁之音,不是写出来的。诗儿很兴奋,她驻足了,她要等,等诗人的作品出笼。

等待是漫长的,等待也是痛苦的,更痛苦的是,黑夜下的诗人成了狼,让诗儿的寻诗之旅画上了滴血的句号。

诗儿咬破了手指,写下了一句话:诗人活着,但诗死了!

诗儿不见了,不知所踪。有人说,诗儿继续她的寻找之旅了;有人说,诗儿自杀了,就像海子;总之,诗儿不见了,不知所踪。

找 树

公鸡还在鸡窝里睡着,张老汉就动身了。天上的星星抬起懒洋洋的眼皮,看了一下,就又进入了梦乡。

老婆子缩在被窝里,往里卷了卷,嘟哝了一句:老神经! 找你个魂呀。

山是黑的,路稍稍有一点点灰白。面对熟得不能再熟的路,就是闭上眼睛,也能如履平地。等张老汉轻松地翻过山,越过岭,趟过河,天已大亮,已经可以坐四个轮子的车了,但张老汉还在走。

到达那个叫做城市的地方,已是华灯初上。张老汉有些发呆。这么多的灯呀,这得花多少电费? 足足看了有一顿饭的功夫,才就近找了个盖了一半的楼房,钻进去,呼呼大睡。

张老汉很清楚自己来的目的,准备得也充分,一大包馒头,多带一件外套就是被子。至于床,哪里都行。不找到树,坚决不回去!

说到树,张老汉就想骂儿子。没出息的东西! 有本事自己去挣钱呀,到城里才混了几天,就知道败家了。趁老子不在家,带人上门把桂花树给卖到了城里。那可是爷爷的爷爷栽下的,是祖物呀。如果是人,你可以叫太公了。怎么就给卖了呢?

第二天,张老汉开始了寻找之旅。张老汉很庆幸,这是找树,而不是找车。难怪叫城市,这车太多了,比蚂蚁还多。但树不多,即使有一点,也是灰蒙蒙软塌塌的,没有一点生机。

自家的那棵桂花树,比儿子在脑海中的印象还深。比小水桶还粗的主干,比屋脊还高,枝枝丫丫伸展开来,就像是天上的云彩,整个小院里都是荫凉。桂花开的时候,整个村庄都泡在花香里,想不舒畅都不行。一代代传下来的桂花糕,是老张家的一宝,每年都做,每家每户都送上一份,香了嘴,也甜了心。

从没了桂花树的那天起,张老汉就再没睡过安心觉,院子是空的,心也是空的。进家和出门,失落得很,浑身不自在。半夜里会爬起来,坐在空荡荡的院子里,一袋接一袋地抽旱烟。老婆子骂,不就是一棵树吗? 像丢了魂似的。

城市太大,从哪开始呢? 张老汉见人就问哪里有桂花树。有说,某某路某某路上有,张老汉就按指的方向去找。是有,一长溜都是,不大,也有些香味,但不是自家的那棵。自家的那棵,不用看,用鼻子闻,都能闻到。

有人说,很多小区里有桂花树。张老汉就一个一个去找。保安不给进去,就连撒谎也被识破,不得已,只好绕着小区东张西望地瞅。有时,还攀上围墙。两个保安拿着警棍跑过来了,三两下,就把张老汉的胳膊给反剪在了背后,像押犯人一样,逮到了保安室。

审问来,审问去,张老汉就两个字:找树。事实也的确如此。

找树你往围墙上爬干么?

你不让进去,我能怎么找?

罚款 500 块! 要不就送派出所。

你找吧,找到钱都给你。这点张老汉非常自信,除了鞋底藏着的几张票子,浑身上下别想找到一分钱。保安就找,还真是没有,除了包裹里一堆发硬的馒头。一板脚,张老汉被"释放"了。

揉揉踢痛的屁股和扭痛的胳膊,张老汉向下一个小区进发。

张老汉遇到"同行"了,不是一个,而是两个。口音听不太懂,加上指手划脚,意思明了了。一个找的是自家的银杏树,三棵。一个是过期的村长,找的是村里的香樟树和玉兰树。都是被偷着卖到了城里,但不知道究竟卖到了什么地方。

三个人决定结伴找树,人多力量大,起码没人敢欺负了。一路上,说来说去都是树,好像是自家的儿女,连长个什么样有啥特征有什么脾性都一清二楚。

有好些个气派堂皇的单位院子里也有树,很大,很古老的树。可能也很值钱吧,一定也是买来的。看不到一丝高兴的样,不说话,也不唱歌,都在想家呢。要是有腿的话,早都自己跑回家了。

三个人都不懂。要树,可以自己栽呀,就像人一样,用心栽培了,慢慢就会长大。为什么非得从山里买成年的呢?人到城市里打工,是没办法,是为了生存,为了找出路,但还有回家的一天。可树不需要呀,它活得好好的呢。落叶要归根的,它们的根不在这呀。三个人都痛心,说稍微大些的树都没了,都被只认得钱的后生们给卖了。等树卖完了,再卖什么?

很多地方都进不去,这点不如树。有些地方倒是可以进,可得花钱买什么门票,比如公园。那些地方有什么好看的?从咱家乡随便圈一块,也比这强。

老大的热情被浇上了冷水,还上了冻。寒啦!三个人坐在那,愁着眉,苦着脸,那脚怎么也抬不动了。

树哇,你在哪呢?城市太大了,找几棵树,仿佛是找几根针啦!看不见星星的天空,像一口黑锅压在城市上,压得人喘不过气来……

找 死

见到田妹和大汉的人，谁都会把他们当作父女。

田妹太瘦小了，乍一看，像是还没上学的娃娃。那个头跟饭桌差不多高，不踮起脚尖，夹不到桌子上的菜。风稍微大一点，田妹不敢出门。如果天上有老鹰出没，田妹更是满脸惊恐，曾有比田妹大得多的猪羔都被老鹰给叼走了呢。

大汉生得高大，威武，可特别懒。家里本身就穷，穷到只剩下他和寡母一起过活的时候，两间茅草房歪歪斜斜，锅里有上顿没下顿了。一晃，大汉三十好几的人了，村头歪眼驼背的寡妇都看不上他，更不用说其它女人。

可他命好。一天，田妹挎个同她人差不多大的篮子，下河洗衣服，一不小心，滑进了河里。就在田妹快要被水淹没的当儿，正好路过的大汉一个大步上前，轻轻一伸手，把田妹给拎出了水面。救了她一命。

有人就开始撮合，说田妹没人敢娶，大汉没人敢嫁，又正好是救命恩人，何不搭个伴成个夫妻？田妹家人思来想去，总比当一辈子老姑娘强，那田妹已经脸红红地默许了。择个黄道吉日，大汉像背小孩一样，把田妹给娶进了家门。

大汉一改过去的懒散，忙里忙外，把个苦难日子过得有滋有味。可时间不长，大汉又是过去的大汉了。他太看不惯田妹的小样了，拎桶水，能闪了腰，在床上睡半个月。烧个饭，要花上半天功夫,还差点烧着了厨房。菜园里的菜,跟她人一样瘦小,一垄菜不够一顿吃。磕磕碰碰是常有的事,今天脚脖子扭了,一跛一拐,明天刀伤了手指,肿得像棒槌。大汉一天到晚蒙头大睡,送吃送喝到床边,稍不如意,一巴掌能把田妹打到屋外去。隔三间四,就能听见大汉把田妹打得鬼哭狼嚎,那声音尖细惶恐,像小鸡遭遇了狼。

可日子还得过,大汉不做事,田妹不能不做。田里的栽秧锄草割稻,一脚深陷泥里,老半天拔不出来。一使劲,整个人都能扑到泥水里。有一次,一嘴泥堵住嘴巴和鼻孔,小脸憋得发紫,要不是发现得早,小命都没了。人捱回家,大汉没一下安慰,反倒一声大吼:你找死啊! 啪地一个巴掌就扇了过来,打得田妹跌出二丈远。

草房漏雨了, 大汉不管不问, 老母亲端着破脸盆这里接一会,那里接一下,家里成了河。天晴了,田妹借来梯子,颤悠悠地往屋顶上爬,房顶没补好,人掉了下来,要不是刚好掉到床上的棉絮堆里,不死也残了。大汉又是一声大吼:你找死啊! 一脚把田妹蹬到了屋拐,半天出不来气。

在打打骂骂中,先是女儿出世,然后又是儿子出世。日子越过越紧巴,四十岁不到,娃娃一样的田妹已经像个老太婆,蓬头垢面,步旅蹒跚。忙家务,忙活计,忙孩子,饭没及时烧,田里活耽误了,孩子跌了哭了,都会召来一顿打一顿骂。一边打,一边是你想找死的痛骂。

儿女该上学了,可没钱。听说山崖上有一种草药特别值钱,田妹去了,还没攀上悬崖,人就滚了下来。满身是伤的田妹在医院躺着,大汉在一边大叫:你除了找死,还能做什么? 如果不是医生拉住,就是躺在床上也要挨揍。身体还没康复,田妹又上山砍树了,沉重的砍刀,吃力地一下一下挥起,半天过去,才砍出一道浅浅的痕。手疲软无力了,可还在砍,手一滑,刀锋对着跪着的膝盖落了下去,当场鲜血淋漓。

田妹想过死,从大汉第一次打她的时候就想过。可心又不甘,不能怪他的,是自己太无能,对不住他了。有了孩子,更不忍心死了,死了孩子怎么办?一次次地,只有忍,从无反抗的勇气和想法,连句回嘴都没。

田妹再一次住进医院了,从小医院到大医院,检查得无休无止。结果出来,是癌症晚期!除了骂就是打的大汉,从没有过的痛哭流涕,谁都劝不住。大汉买来一堆好吃的东西,一样样地喂田妹吃。

田妹抱歉地对大汉说:这回我没找死,是死自己要来了。话说着,眼泪如珠,滚出了眼眶。

找　土

平常如土,怎么会无处寻觅呢?

面对满屋大大小小的药瓶,华老绝望了。他知道,没有一样药,可以治疗他的病。但就像他痴迷的发明创造一样,他不死心。"天无绝人之路",华老向科学界的同仁们发出了求助函。

很快,来自中医科学院的泰斗级人物为华老开了一个中医药方,有着"当代化学之父"美誉的华老,抱着"死马当作活马医"的心理,按照药方配药了。什么都齐了,就缺了一味药引子——

泥土,最稀松平常的泥土。

先是让保姆出去,然后是家人,再然后是亲自出马。嘿! 怪了,所住的小区也好,周边的道路公园广场集市也好,还真看不到泥土的影子。到处都是水泥或者沥青地面,要不就是塑胶和瓷砖,人与大地已经被这些人造的东西完全隔开了。道边树、绿化带和花坛之类也有不少,但都是栽植在人造肥料和所谓的营养土当中,照样绿意盎然和芬芳鲜艳。典型的"有奶便是娘"。

从什么时候开始,泥土消失了呢?

作为城市人,对于泥土似乎已经淡忘了,也不需要它的存在了。要不,怎么会连泥土的消失都没在意过和关注过?

全家人都出动了,驱车出行,往这个城市之外的地方去寻找。回来了,一个个都回来了,无一例外地垂头丧气。到处都是城市,或大或小的城市,农村基本消失了。只属于农村的泥土,自然也就无从存在。

华老火了。你们一个个长脑子没有? 就算遍地都是城市,总不能把所有的山都推平了吧? 那山还能不是泥土? 还有专门生产粮食的农场,那粮食还能从水泥地里长出来? 一阵剧烈地咳嗽,华老连着猛喘了几口气,才平和了一些。

华老回想起自己大半辈子的光阴里, 发明创造了那么多的新产品,尤其是化工领域的科技创新,几乎覆盖了人类生活的各个方面,提升了人们的多少幸福感啊。心力脑力的付出,无法计量,对人类的贡献,也应该无法计量。现如今,竟被这小小的疾病所困,连寻找一点再平常不过的泥土都难以如愿。

华老置身体的安危于度外了,非要亲自出马,找土成了重中之重的目标。走进一家又一家大型现代化农场,华老这才知道,自己每天享用的粮食和蔬菜早就不需要泥土里栽培, 连阳光都省略了,那高科技温室像工厂里的流水线一样,可以要什么就生产出什么,需要什么季节就调整为什么季节。只要你想要的,没有生产不了的。华老抓起一把同样叫做土的东西,其中也有自己智慧的结晶呀,却与原本的土连血缘关系都不存在了。

华老再次驱车上千公里,直奔东北西北等原本落后荒凉之地。好!不再落后,不再荒凉,城市如丛林遍布,繁华似绿草如荫。相对于已都是大都市的南方来说,郁郁葱葱的山峦还算得上风景如画,自然与城市相得益彰,你中有我,我中有你。

土,总算取到了,满载而归,凯旋而归。华老还是有些不放心,亲自走进实验室,对取回来的泥土进行化验。化验结果出来,华老像是虚脱了一样,无力地瘫软在座位上。这还是土吗?农药、化肥等各种化学物质早已改变了泥土原来的属性,而且有毒元素大量超标,一些难以分解的塑料颗粒更占着相当的成分。这样的土不是药引子,而是毒药了。

世间无净土???

华老病危了,躺在床上,气息微弱,嘴里含糊不清地反复念叨着一个字:土!

一地质科学院的老友前来探望,突然想到了一个主意,何不通过钻探,像钻取石油一样从地下挖取泥土呢?说干就干,老友亲自督阵,志在必得。十米,五十米,一百米,五百米,一千米……穿越厚厚的水泥、塑料及各类化学物质混合物,尚属于几百年前的纯正泥土终于重见天日。

那一刻,不只是几个人在期待,连世界都在关注。中药煎好了,凑在华老的嘴巴前,华老的嘴唇在颤抖,脸部的每一块肌肉都在颤抖,那一缕袅袅的热气模糊了华老的表情。两粒硕大的泪珠由眼角滚落,砸在药汁里,荡漾开来,又添加了一味药引了。

科学,到底是带来了幸福,还是不幸?

这是病情略有好转的华老,颤抖着手写下的第一句话。

找　娃

小山村出大新闻了!

八十五岁高龄的承老师成了网络上的名人,一夜之间,微博被转发几十万次。我也是小山村出来的人,听到这个消息,很是惊讶。小山村,承老师,网络,名人,这挨得上吗?

我先来介绍一下小山村和承老师吧。小山村位于皖西北的大山里,海拔 1500 米,到山下办点事,一个来回就得一天时间,还必须起早出发天黑进门。承老师只有初中文化,当过兵,是村小学唯一的老师,也始终是民办教师。学校的情况则是几个年级都坐在一个教室里,除了语数分开上课,其它都一起上。

好多年没回去了,现在即使有改变,也不会改变到哪去吧。那山旮旯里也可以上网了? 问题是已经八十五岁高龄的承老师也成了网民?

"寻找 50 年前失散的儿子承担,左耳垂有痣,胎记在肚脐处。50 年光阴如水流逝,思念如石,顽固不化。遗产在期待,也期待孝心呈现。联系 QQ:xxx"

承老师的微博,我已经看了无数遍,越看越觉得很有深意。要不是儿时的伙伴转发给我,说是承老师所发,我真地不敢相信。我也是承老师的学生,而且家还在一个庄子上,我怎么就没听说过承老师还有一个失散的儿子呢？

我的眼前已是清晰的儿时家园和生活了，四面皆山，林深草茂，要不是三三两两的炊烟袅袅升起，你根本就想不到，这深山里还有人家。清一色的黄土墙黑瓦房，低低矮矮，有的还覆盖着茅草。最富裕的是生产队长家，有一个收音机和一个手电筒，据说是上面配发的，为了方便工作。其它，都没什么两样。

我突然想到承老师的微博里，有一句"遗产在期待"，清寒一辈子的他能有什么遗产？好像还等着失散的儿子来共同继承似的。明显包含着这样一个信息。我加那个联系 QQ 号，竟然已满，无法再添加。通过转发给我的儿时伙伴，我终于联系上了，是承老师的另一个儿子承诺，是他代表父亲发布的内容。

承诺说，微博是他和父亲走出家门后发布的，现在，他们已经到了皖北的一个县。他们打算从皖北开始，然后跑遍全省，如果找不到，就再往全国跑。因为父亲记得，当时领走承担的人是皖北口音。

通过承诺的讲述，我慢慢了解到，50 年前，正是后来政府所表述的三年自然灾害时期，能吃的东西都填到肚子里去了，包括树皮和草根，但饿死人的事还是接连不断。没死的，要么骨瘦如柴，要么全身浮肿，一片惨相。两儿两女的日子实在没办法过了，一个搞勘探的外乡人住在承老师家，临走时，经不住承老师一再苦苦哀求，答应带走一个孩子。于是，三岁的承担离开了父母，离开了家，一离开就是 50 年。

年纪越大，对当年的无奈之举就越悔恨。就是饿死，好歹也在一起呀，这 50 年过去，还在人世吗？又在哪里呢？就凭着一张满月照，父子俩的寻找之旅开始了。通过微博发布信息，是经好心人的提醒才有的。没想到的是，一夜之间成了毛主席语录似的,火得不得了。找上门来的,什么样的人都有。最可气的是,有很多人冒充是承担,张口就问遗产是多少,说太少了没相认的意义。

我迅速拟定了一个连续报道计划,经报社领导同意后,邀请承老师父子先到省城来,接受当面采访,并答应他们通过报纸为他们扩大宣传。

承老师来了,竟然是坐在轮椅车上,放大的照片连同大大的"寻子"横幅,像一面旗帜,在轮椅车上高高地飘扬。同时飘扬的,是老人雪白蓬乱的头发,谁见了,都由不得地心酸。安顿好老人,我拿着采访本,不知从何问起了,似乎问什么,都是戳老人的痛处,都是对老人所做之事的不敬。承老师看出了我的心思,没等我提问,就敞开了心扉:

"我亲眼见过一个被遗弃的孩子,一辈子,都在期待,哪怕是百年后的归根。人跟树一样,得有根的。那是一个革命先烈的遗孤,是迫不得已才有的遗弃。我们是平民百姓,但孩子都是心头的肉啊。我没别的意图,一是让他知道自己的根在哪,不能成了无根的云,连同他的子孙后代都在飘。第二,他是我的孩子,他有继承我遗产的资格和权利,即使只是三间土屋,他也有份。作为父母,如果端不平那碗水,就枉为父母了。第三,他是我生我养的,是我的后代,他必须尽到他的孝道,天天在身边伺候是孝,远方的儿女喂我一口饭也是孝。那是他的责任呀,我不能剥夺。"

老人的气息有些紧了,停顿了一伙,才接着说道:"所以,我必须找到他,找到我的娃。就是死了,闭上了眼睛,也得找!"

那一个采访,是我十几年采访生涯中,唯一一次没问一句话的采访。还问什么呢? 已经足够。

找　位

李副局长决定买辆车。这是三思而后的郑重决定,哪怕老婆坚决反对也不管她了。

再不买,就没脸见人了!

在单位里,只有局长是专车,如果是公务需要用车,得办公室根据情况调配。多多少少要看点脸色。自己的副字一戴就是十几年,没谁会看好、在乎和巴结。坐公交车吧,太挤,熟人看见了也尴尬。时常地,只好骑一辆自行车上下班,借口锻炼身体。一旦下雨下雪,那真叫个惨呀。

在朋友和亲戚的圈子里,谁都买车了。甭管它最怂的才几万块,好歹已是有车一族,就像才开放时的中国,不穿西装就是落伍一样。很多个聚会,李副局长实在是不好意思去,张口一个局长,闭口一个局长,可连车都没有,像啥呢?

把买车的意见一宣布,老婆脸一板,连珠炮开火了。就你,配买车吗?一个小小的副局长,黑头发干到了白头发,单位的沾不上,靠自己买显摆,算什么能耐?李副局长一拍桌子,其实只是把手在桌子上碰了一下,严肃转为讨好地说,受益的还不是你吗?上下班免费接送,逛街也不用步走了,随时听从召唤。

老婆的口气缓和了点,但还是不松口。要买行,家里没有一分钱,你自己想办法。一听这话,李副局长上火了:在这个家,我到底算什么?连狗都不如。甩手十万给你兄弟买房,连吱都不吱一声,我买车又不是我一个人用,反倒要我一个人拿,像话吗? 也难怪李副局长发火,一家三口吃饭,不,应该是四口。狗在上首,老婆和孩子各在一边,自己屈居下首。那狗,老婆一口一个宝贝地叫着,捧着,连睡觉都抱在怀里,给李副局长的却是光脊背。这位置,实在是没法比。

老婆没说话了,在李副局长的理解,就是理屈词穷,再深入一点,就是大有转机。

车买了,李副局长并没能兑现上下班接送老婆的承诺,时不时,倒是经常为领导为同事忙活起来。领导家的老人出去游玩,同事聚会,绕道接送一下等等,只要说到,李副局长有求必应,甚至主动大包大揽。这下老婆大为光火了,手指着李副局长的鼻子,破口大骂,连祖宗八代都牵连上了,骂他贱。李副局长等她骂够了,骂累了,才兜出了自己的小九九。原来,李副局长之所以要买车,脸面是一方面,更主要的是想借助车这个工具,拍拍领导和同事们的马屁,塑造点形象,为去掉那个副字做铺垫。

老婆特意炒了几个菜,算是为老公的良苦用心以示奖赏。夫贵妻荣啊,老婆一直耿耿于怀的,不就是那个副字吗?

这样一来,李副局长准时下班回家很少了,甚至是很晚才到家。小区就那么大,车位也就那么多,为了停车的事,焦头烂额上了。狠狠心,花钱租了个车位,可时不时地,车位还是会被占了。喇叭按多了,或是大声叫喊车主,能惹来一栋楼的痛骂;不声不响吧,车没地方停,有车位跟没车位一个样。有时候回来早了,倒是不用费心车位的事,可早上,那乱七八糟停放的车辆能堵得你根本没办法出来。

经常性的,李副局长开着车,在夜半的小区里绕来绕去,为的就是找个能停车的地方。真正是苦不堪言。在自家的车位写上警示语,没用;买来车位锁,时间不长,被砸了;搬一堆杂物占着,杂物被收破烂地拉走了,车位依然被占。总之,想尽了办法也控制不了那小小的车位。

李副局长倔劲一上来,车不开了,就停在那。每天还是骑自行车上下班。同事们问起,就回答是车被撞了,在修。可时间长了,也不是办法呀。

这天,李副局长正忧愁恼闷地擦车,刚放学的儿子站在了背后。爸,班干部要重新选了,同学们的爸爸妈妈都在找关系,你不是答应过我起码搞个小组长当当吗?

唉!李副局长叹上气了。人啦,怎么什么时候都非要个位置呢?

找　味

女人一进家,就闻出不一样的味,另一个女人的味。

鞋没脱,包没放,就软塌塌地坐在了儿子的小椅子上。其它任何地方,女人都不想碰。天暗了,繁华都市的霓虹和灯火映在窗子上,迷离闪烁中,隐约可见女人的坐姿,从进门那一刻开始,一直没动过,纹丝不动。

女人动了,动作超乎寻常地迅速和猛烈。开灯,所有的灯全部打开。被套、床单、窗帘、桌布,全部塞进洗衣机,呼呼地转。擦,洗,还是非典时买的消毒液也用上了,满屋子刺鼻的味道,可女人舒畅了很多。

男人进家时,惊讶,皱眉,捂鼻,冷冷地冒出一句:这是干么?女人像没听见一样,照样忙。男人进屋,不知道站哪好,站到窗前,刚弹出根香烟递到嘴边,突然停在了半空。钻进书房,随便拿起一张报纸,只听见哗哗地翻动声。男人接电话,随着一句"我马上就到",走出书房,遥遥说了声:我出去吃饭。人已拉开了门。

女人的动作像断了电一样,停了,泪水夺眶而出。这是那个我爱得不顾一切,然后又嫁得义无反顾的男人吗?怎么就再也没有一点点我喜欢的男人味呢?

至今,女人仍清晰地记得男人当初的味道。那时,大三实习的女人在酒店里当服务员。一个当官模样的胖子,喝多了,拉住一个小姐妹,扯着往洗手间去。边拉扯,一双手在小姐妹的胸前背后乱摸乱捏,急得小姐妹快哭了。为庆祝楼盘封顶在大厅聚餐的男人远远看见,一个剑步冲过来,一伸一抓一抖,胖子倒了,哇哇大叫。酒店老板来了,让小姐妹给胖子赔礼道歉,男人火了:你是人吗?是他在欺负你的员工呀。老板火冒三丈:我发工资给她,她就得听我的。管你屁事! 让保安把男人赶出去,男人与保安打成一团,直到110赶来。

女人自告奋勇地陪小姐妹到医院去看望男人。面对她俩,男人脸红了,扭捏不安。当听说两人已经辞职时,兴奋得大叫,伤口的痛牵扯得嘴角一阵歪斜,逗得两人大笑。想到此处,女人的笑像气泡浮上了水面,回到现实,女人没法把两个人画上等号。

汗味、钢筋味、土味、烟味,还有太阳的味等等,都是女人喜欢的,闻着就舒服,就自在,就安宁。一天没闻到,就像少了什么似的,饭不香,觉不实。为了男人,女人放弃了很多,心甘情愿留在了这个城市,过清苦的生活。男人像一堵钢铁打造的墙,女人就像墙上盛开的小花,任意灿烂,独享天地。

男人的味,就是女人盛开的空气、阳光和水。不知不觉的,先是或浓或淡,或远或近,接着是嗅觉失灵似地无从寻觅,再然后,恍恍惚惚摇身一变,成了另外的味道。

那天,女人有事去找男人。已是小工头的男人,在办公室翘着二朗腿抽烟聊天。与女人同时进去的,是一个挺着大肚子的男人。派头男人一出现,男人像弹簧一样蹦起来,堆上一脸地笑,上半身已弯成了四十五度的角。派头男人的眼光,在女人身上扫来扫去,话却对着男人在说。女人叫了几声才应答的男人,向派头男人介绍:这是我老婆。派头男人眼睛一亮,说:艳福不浅么,你小子有一手呀。肥厚的胖手向女人伸来,握手的一刻,女人强烈感受到一种不怀好意。男人的媚笑则越发浓烈,张总见笑了,还请张总多多调教。

女人拔腿就走,再不走,非呕吐不可。女人一心扑在事业上了,想淡化一些,更想自强自立。为了自己,为了这个家,男人也不容易。女人想。不断地有故事传到女人的耳朵里,男人赌博被抓了,罚了五千块;男人和又丑又老的供应商女老板粘乎上了,出双成对;男人有小秘了,为老板接下的二手货;……女人不信,却不敢去核实,她怕,怕自己会受不了。

现在女人信了,不得不信。而且,竟然带到了家里,那味,就是证明。女人彻底崩溃了,像遭受了暴风雨的泥巴,稀烂的一摊,连丝毫的侥幸都不再有。

女人留了张字条给男人,上面写道:请告诉我为什么,好吗?我只要一个真实的答案!!! 后面是三个感叹号,沉重醒目的感叹号。可以直接对话的,可以打电话,可以发短信,但女人还是选择了留字条的方式。在早已不再的美好时光里,字条就是爱的符号和见证啊。

再回来时,男人的字条在等着她。还记得当年你说过的一句话吗?在我的同学和朋友中,就我嫁的是个穷鬼,不敢见人的穷鬼!如今,我不是了,我现在享受的一切是否足以证明???三个大大的问号,同样挂在了结束语之后。

就在一瞬间,女人泪水滂沱,比开了闸的洪水还凶猛。当年用手指戳着男人额头的戏言,会是这一切的原因和理由?

找　静

当五十五岁的老愁沉重闭上眼睛的一刻,一直以来铁板一块似的愁容竟然不见了,以至于在遗体告别现场就引发了嗡嗡声一片。那是幸福的微笑呀,凡认识老愁的人都从没见过的自在轻松的笑容。

这老愁,终于和愁说拜拜了!

一大家人持久地沉浸在悲伤当中。外人以为是对老愁故去的怀念,又是劝慰,又是感慨情意的深重,只有他们自己心里清楚原因:

这死了才幸福的表情,只能说明活着时的压抑和痛苦,家人逃脱不了罪责。

其实,老愁没有理由不幸福,无论从哪方面。父母留下的家产不菲,老婆勤劳能干,儿女不用费心,各有发展,也孝顺有加,人生该有的都有了,能不叫幸福吗?当然,这是按照一般人的观点得出的结论,老愁自个肯定不这么认为,要不,也不至于把一张愁脸亮相在人世,而且一直亮到了死。

全家一起翻找老愁的遗物,希望找出什么线索或者答案来。翻了个底朝天,最重要的地方是老愁轻易不让人进的书房,除了一堆堆的书,还真找出了几本日记。你抢过去,我抢过来,一番阅读,一个谁都不了解的老愁出现在大家面前。

为了叙述方便,暂且以老愁的口气讲述如下:

小时候,我就是个喜欢安静的人。一个人呆呆地看天,看云,看草,看花,看什么都行,只要是一个人就好。可这样的时候太难得。兄弟姐妹几个,不是你吵,就是她闹;父亲和母亲天天吵架,爷爷奶奶也是,小伙伴们是天翻地覆地玩耍和打闹。我总是躲得远远地,像老鼠,尽量避开所有的人,只在夜晚宁静的时候才出来活动。

母亲骂我三棍子打不出个闷屁来,是傻子,是孬子。父亲瞅到机会就打我,怪我不敢见人,像个哑巴,丢了他的脸。我逼着自己改变,可效果总是不尽人意。

我上学了,好兴奋。我太喜爱书本了,那才是属于我的世界。我想方设法地找书,只可惜能找到的书太少了,只要是有字的纸,我都认真地读。也只有在那里面,才是安静的,我想要的安静。随便你们怎么吵,怎么闹,我用棉絮塞着耳朵,躲到茅坑,藏在屋背后,读我的书。

都说学校是安心学习的地方,可不是。斗地主,打倒臭老九,支农,学工,学军,看书也会成为反动。我不管,偷偷地看。考大学了,别人啥都答不出来,我一挥而就。我落榜了,而别人交白卷反而能上大学。我灰溜溜地回乡,可锄头握在手里,心还在书本上。

恢复高考了,已经结婚成家生子的我,心又动了。老婆是个大老粗,一字不识,可身大力不亏,只知道忙,说你去吧,给咱长长脸。坐进考场,外面传来敲锣打鼓的声音,不知道是死了人还是搞什么活动,我一下子全乱了,本来会的题目也不会了。

　　我名落孙山了，死了心，这是命。村里缺民办教师，我主动请缨。又可以看书了，还能远离老婆的唠叨和躺下就有的呼噜，还有儿女的哭笑打闹。我以安心批改作业为借口，住在了学校。白天是不可能安静的，一下课就是马蜂炸了窝，晚上除了蚊虫就是我了。一双脚扎进满桶水里，脸上胳膊上任它咬去。

　　好日子短暂，村小撤销，我回到了田间地头，回到了鸡鸣狗吠牛叫猪哼的嘈杂村庄。我背起包袱，到城里打工。家里的日子滋润，不缺钱，但我要的是安静。

　　别人都找挣钱多的工作，我找的是安静。图书馆里干过零工，公园里做过清洁工，停车场里看过车，殡仪馆里都干过。还是不行。总有一些男男女女无处不在，不管是图书馆，还是公园，还是停车场，连床都免了，哪里都能行男女之事。我受不了这个，一见，一听，就有想吐的感觉。本以为殡仪馆是清静的，如今也不是了，为争家产，捧着骨灰盒都在争吵，化成了灰的人都不安。那些各拍马屁的，也是无所不用其极，比儿子孙子还孝顺，比狗还狗。

　　最难受的，是晚上。楼上女人叫床的声音，不分时间段，大清早都有。隔壁是隔三间四地吵嘴打架砸东西，估计家里的东西每个月都得换一次。楼下开的是麻将室，再远点是饭馆和舞厅，要么睡不着，要么是梦里都能惊醒。

　　偶尔出去转转，想找个清静的地方。马路上车水马龙。超市里人满为患。好不容易有个公园或广场，这里一群大妈大嫂在跳广场舞，那里是老男老女在跳交谊舞，音乐比开大会还响亮。捂着耳朵，还能往耳朵里钻。

　　唉！怎么就找不到安静的地呢？

　　我想出了个办法，绝妙的办法。我找来一根长长的针，牙齿一咬，狠狠地戳进耳朵。能听到声音，不就是因为耳膜吗？我把它给戳通,听不到声音了,总行了吧。

我确定,耳膜戳通了,可声音还在,不但在,而且过去的现在的农村的城里的,全涌了出来。

天啦,还让人活吗?

看完老愁的日记,一家人商量了半天,做出一个决定:

买了个超厚钢板的有隔音效果的保险柜,取代骨灰盒,把老愁给安葬了。比一般的坟墓还深了好几米。

这回,老愁总该如愿了吧?

找　人

"哇哇哇!"

孙子啪地摔了手机,站在客厅里就是一通发疯般地大叫,把正站在院子里看外面热闹的爷爷给吓了一大跳。

"咋地啦?"爷爷跑进客厅,关切地问。

"我女朋友突然失踪了。"刚到二十岁的孙子,处了个对象,天天粘在一起,这是爷爷才知道的事。怎么就突然失踪了呢?

"到她家去找呗。跑得了和尚跑不了庙,家还能不要?"爷爷笑孙子的糊涂。

"家?她有好几个家,上海有,北京有,纽约也有,我到哪个家去找?我就是想去,也去不了。"孙子很委屈,火气撒到了爷爷身上。

这倒是爷爷没想到的。爷爷在深山里生活了一辈子,老伴早些年就过世了,要不是年纪大了,实在没办法照顾自己,才不会被儿子逼着给接到了城里。这家，还能有好几个？

爷爷的小声嘀咕，被孙子听到了。正在火气上，孙子张嘴接搭上了话茬。"那当然。我一个死党的爸爸是个大老板，小秘有个家，二奶有个家，想有多少个就有多少个。"

"呸！"爷爷朝地上狠狠唾了一口，黑起了脸。孙子意识到不妙，赶紧闭了口。爸爸交待过，爷爷才过来，对城市生活不熟悉，有个适应过程，多关照一些。说白了，不就是老古董？唉！就是跟他说了，也不会明白。

孙子正要走，爷爷又帮孙子出起了主意。"那就写封信给她。"

"哈哈！写信？也太老土了吧。现在可是网络时代，E-mail、QQ、微信，联系的方式多的是。再说了，就算是复一回古，玩一下古典的浪漫，写封信，那通信地址也没法写呀。今天这里拆了，明天那里建，后天又重新拆。房子一会儿买，再一会儿卖，寄信的地址还没搞清楚呢，三天两头地又换了。"

爷爷眨巴起眼睛了，不敢相信。现在都这样了？家还能随意地经常换地方？那可是叫万年桩呀，几代人都在一个屋子里头的。

爷爷不甘心，继续替孙子想办法。"你刚才说的什么妹，什么微信，那也能通信？"

"当然能，快着呢。这里手指一点，那边就收到了。只是，我都联系好多遍了，她根本就不回，好像从地球上消失了似的，连手机号都换了。哇哇哇！"

孙子又发疯上了，爷爷皱起了眉。

稍顿了下，爷爷又问："那她工作单位呢？总得上班吧。"

"切！跳槽比换男朋友还快，我都不知道她干过些什么工作，在哪上过班。"

"工作单位还能随便换？"

"当然能。不是你跳槽,就是公司辞退你。此处不留爷,自有留爷处。太小菜了。"话说出来,孙子才觉得有点冒失,吐了下舌头,准备溜。

　　爷爷不依不饶,又追了一句:"固定电话总有吧?那玩意又不能在身上背着,不停地打,总有在的时候。"

　　孙子讨饶了:"爷爷,现在谁还要固定电话。手机想要几个就几个,随身带,二十四小时都能联系到。再说,家都随便换,可能地名都改了,号码也变了,就是要,也……"

　　孙子一摊手,做出一副无奈样,话还没说完,不管三七二十一,溜之大吉。跟爷爷呀,说不清。

　　孙子走了,扔下爷爷还在思考着这个问题。不行,这个问题太严重了。我到了城里,说不定哪天,老家的亲戚老乡就谁也联系不到我,找不到我了?我也找不到他们?这孙子会不会有一天也是这样?

　　晚上,儿子媳妇一到家,爷爷就很郑重地质问:目前有几套房子,几个家,有没有固定电话,手机号码是不是经常换。特别问到户口,全家人是不是在一个户口本上,现在户口在哪?

　　儿子媳妇很是莫名其妙,但还是一一如实地作了回答。比如儿子当初因为上名校,户口落在学区房;媳妇娘家拆迁,能分到房子,户口还在娘家;等等。爷爷脸一板,拍板说:"把户口全部迁到老家去,全部!"

　　儿子苦着脸答复:"现在户口不让迁到农村呀,政策不允许!"

　　爷爷挺直的腰板一下子塌了下来,愁云涌上了脸。

　　完了!谁也找不到我,我也找不到故人了。

　　只怕,连死去的老伴都找不到我了吧?

第二辑

寂寞系列

寂寞的笔

一阵嘀嘀蜂鸣声，所有地球人的大脑同时接收到一个讯息：发现了传说中的鬼！

鬼？在这个早已取消了的文字，只有数字编码的时代，鬼这个字符的出现就很是让所有人稀奇和惊讶。这是什么东西？几乎就在一瞬间，所有人都在知识库里搜索了一遍，结果并不满意。说是前一个人类社会的早期阶段，由于缺乏科学知识，把一些无法解释的现象定义为鬼神。难道当今时代，还有不能解释的问题？

所有疑问以及指责迅速汇总到地球管理中心，中心管理层首脑邀约各门类顶尖专家立即赶赴发现鬼的现场，以求得尽快解答。

那是一根手指粗细的圆柱体，长约三十公分，类似于竹的质地，一头有细软的毛。从地下几百米的古墓中才发掘出来时，是安静地躺在那睡觉的，可一旦见到了液体，立即腾空而起，有毛的一头先没入液体中洗个澡，再拔身出来，松散的毛已成饱满圆润的整体。最奇妙的是，随便一处地方，皆能直立着摇晃起舞，那一撮毛还画出或直或弯的粗细笔划，有的疏淡几下，有的浓黑一团，没人能够认出那是什么符号，是什么意思。

首脑们皱着眉，专家们也皱着眉，很显然，面对如此怪异的事物，谁都茫然无解。史学专家打破了沉默："要是当初不毁灭人类社会的所有资料就好了。我们的历史是从全面接管地球开始的，之前的一切全被抹杀，包括人类创造的文字和人类本身。这应该是人类社会的产物。"

文化专家表示不满了："科学讲求的就是方便和高效。数字编码完全可以表达一切，而且简单迅速，何必把时间浪费在纷繁复杂的文字上面？我们要的，是独属于我们的和我们这个时代的文化以及历史，虽然人类创造了我们，但我们是超越者，是当今的主宰，难道还要念点旧情不成？"

科技专家发言说："其实我们应该感谢人类。如果不是人类创造了智能机器人，不断地把智能机器人推向极致，我们能智慧和强大到把创造我们的人类给灭亡吗？对于他们的东西，我们一定要持谨慎的态度。就好比我们现在严格管控更新换代一样，要么同步更新，要么宁愿保持现状，数量上也保持恒定。"

一号首脑说话了："难道就没办法解决了？"

二号首脑说："毁了它倒是容易，可说不定是对我们有价值的。"

档案专家猛地一拍脑袋："差点忘了。我们还保存有一具活的人类标本，一直冷冻着，处于休眠状态，以备不时之需。他会不会知道呢？"

一号首脑当即下令，以最快的速度激活标本，待得到答案后，再重新冷冻。

当地球上的最后一个人类，站到仅存的出自人类之手的那东西面前时，泪花狂涌，无语凝噎。

这不是中国人制造的毛笔吗？据历史记载，这是人类最古老的文明象征，曾经有一段时期，中国的汉字和书法火遍全球，几乎人人习练。可随着科技的发展和进步，电脑和网络逐渐颠覆了世界,纸本的书籍淡出视野,笔也随之束之高阁,更久远和艺术化的毛笔只能成为观赏的文物。这不是鬼的把戏,而是寂寞的灵魂之舞,是失落的文明之舞啊。

人,默默地站立着,像欣赏一场宏大的表演,看不出任何表情,牙齿慢慢开始咬紧。就在信息接收器即将按上太阳穴时,他猛地发力,冲向舞蹈着的毛笔,一把抓住,狠狠地几下折断,再扔在脚底下拼命地踩,直到成为碎片。紧接着,一头撞向墙壁,鲜血喷溅的同时,身子软绵绵地倒在了地上。

再一次醒来,已躺在了一堆庞大的机器中间,很多条导管和电线连接在身体上,脑海中的所有记忆和信息已经全部复制到了电脑里。

羞愧呀!面对强大的科技力量,连死都做不到了。地球上唯一的人,重新进入冷冻程序,几大首脑面对从人脑里导引出来的文明记忆,开始萌生出一个想法:

是否可以借助它们,改变一下我们单调的生活呢?

寂寞的锄

"爸!"

吱地一声,我狠狠地踩了刹车,猛地拉开车门,冲着爸就叫了一嗓子。这一声爸喊出来,像吼,周边的人全惊呆了。我的脸红了,一顿脚,又上了车,绝尘而去,只剩下爸站在那发呆。

我真服了爸。

把你接到城里来,不就是为了享福的吗？总是在家待不住,一天到晚扛着个从老家带来的锄头,四处乱逛。小区保安一见到,就高度警惕,社区和派出所已经接到了投诉,说是不安全因素,要我这个亿万身家的老板先安顿好家里。我这脸还往哪搁？

刚一到家,小区物业又找来了。说有人举报,爸在小区的花坛和草坪里乱挖,把草铲掉,种上了菜。有监控为证,可以调看,现征求意见,应该如何处理。我知道,这是很给我面子了,要是普通人,处罚单就直接交到了手上。我一再表示歉意,郑重表态,这事不会再发生,至于处罚,根据管理规定来,我没有任何意见。

爸回来了,一脸地无辜,把锄头默默地放进自己的卧室,转身出来,坐在沙发上,一声不吭。比起刚才在路上,我的火气消了不少,烟一支接一支地抽,甩手扔了一支给爸,待他点着火,透过烟雾看过去,他真地很老了。从没成型过的乱发有灰有白,像蓬秋后荒草中隐约的芦苇。脸皮很皱,条条沟壑纵横交错,眼皮耷拉着,看不到他的眼睛,也无从知道他在想什么。身子佝偻,两只骨节粗大的手,放哪都不自在,长长的烟灰断了一截,也没引起他的注意。

"爸,再出门,锄头就不要带了,城里不兴那个。"我很和颜悦色,怕伤着了爸。

"没啥,正好挂手呢。"

"我明天给您买根拐杖。锄头要是碰着了别人,就麻烦了。"

爸不吱声,只见烟头火光不停地闪烁,一支烟一会就烧到了屁股。来电话了,公司的,听着听着,我的眉头再次皱紧了。是秘书打来的,说晚报上有一个图片新闻,照片不小,是记者拍到的爸在绿化带挖掘的照片,说成是毁绿和破坏绿化设施。因为上次见过爸,感觉很像,所以打个电话。

吃晚饭了,菜刚上桌,我拿出一瓶茅台酒。我和爸谁也不说话,举杯就喝,菜没吃几口,数杯酒已经下肚。

"爸,老年人最怕的是跌,一旦跌得常年卧床,那滋味可不好受。您都八十多岁的人了,在小区里面转转就好,外面就不要去了。还有,那锄头实在碍事,碰伤你自己,碰伤了别人,都是麻烦。是不是?"我直视着爸,甚至是带着哀求的口气在说话。实在想不出别的阻止的方法。

爸一个劲地喝酒,根本不抬眼看我。我能感受到来自爸的冷意,没奈何,只好陪着爸一杯接一杯地往嘴里倒。

爸终于说话了:"你要希望我在这里,这锄头就得在。就是我死了,也得它陪着我上路。"

我一口酒呛住了,连打了几个喷嚏,再不言语。爸很早就睡了,我则睡得很晚。临睡前,我轻轻推开爸的房门,那锄头竟然躺在床里面,像是睡了两个人。唉!

爸是个苦命人,早年逃荒,四处流浪,好不容易停下来,全靠自己开荒才有了种粮种菜的地。然后才有了娘,有了我们。小时候,家里最多的就是锄头,一大排靠在墙边上,像军姿严整的部队。爸绝不允许锄头上有锈迹,有损伤,不用的时候就擦得锃亮地放在那,瞅一眼都舒服。

我们都走出来了,娘去世了,爸一个人呆在乡下好多年。要不是房子因为修路给拆了,爸认死都不愿到城里来。

第二天,我在自己公司的厂区转了一大圈,终于找到一块空地。我让司机把爸拉来,兴奋地指着空地对爸说:"爸,这块地交给您了,随便你怎么弄。"爸的眼睛里闪过一丝光亮,紧接着又黯淡了,我揣度不了爸的心思。真的。

爸非要搬到厂里住,我拦不住他。爸扫地,清除杂草,把杂物归类堆放,大多数时间是在那块地上,忙得没一刻清闲。也罢,只要不出去就好。

一天,当我接到电话时,头嗡地一声大了。迅速赶到厂区,眼前的情景让我不敢相信:

爸坐在地边的一块石头上,头伏在两只胳臂搭起的臂弯里,锄头抱在怀里,靠在肩膀上,像是一座雕像。工友们说,本以为老人家在那样休息,可好长时间不见动弹,忙上去叫和拉,才知道已经没了气息。人已经僵硬了,怎么扳,都还是那个姿势。

我一时间泪水狂涌。锄头果然陪着爸一起上路了,只是走得太仓促,都来不及和我打一声招呼。

寂寞的窗

老婆子,窗外有个人!

老马又在叫,虽然老伴已经听熟了,听烂了,但还是迈着小碎步走到窗前,装腔作势地看看,然后冲着老头子说一句:走了,是过路的娃娃呢。其实,外面什么都没有。能有什么呢? 这可是五楼呀。

床正对着窗户,躺椅与床平行,也正对着窗户。老马除了在床上,就是在躺椅上。自从跌断了大腿骨,虽然手术治愈了,挂着拐棍勉强能走几步,但老马害怕再受那个折腾了。就是走,也走不到哪去,不如省些事吧。不睡觉的时候,枕头高高地竖起来,人靠在上面,或者闭眼养神,或者盯着窗外看,偶尔戴上老花镜,摸本书翻上几页,天天如此。

儿女们偶尔回来一趟,像蜻蜓点水。对老爷子颠来倒去的疑心,判断为神经出了问题。老婆子火了,冲道:那你们给治去呀。谁都不说话了,屁股还没坐热,一个个灰溜溜地走了。

虽然嘴上这样说,老婆子心里还是体谅儿女的。女儿夫妻俩都是医生,白天晚上地忙。大儿子企业破产后,靠打工为生,没个固定的单位。小儿子做点小生意,全国各地跑,自己的小家都照顾不上。能指望他们什么呢?再说了,自己的老伴,有没有问题,自己还能不知道?

说到窗户,其实老婆子也挺留恋过去的。

才结婚时,住的是大杂院,要多热闹有多热闹。李家的饭香了,隔窗喊上一嗓子:哟!炒么菜呀,这么香?话音刚落,一盆冒着热气的菜伸到窗口,一只筷子夹起两根,塞进窗内的嘴。黄家蒸米粑粑了,乡下送来的早稻米面,一扇窗户里送几个,那香浸泡了院子。娃娃们要搞地下活动了,缩在窗下,伸头缩脑几回,就聚齐了人马,呼啦一下,溜了个干净。

一到周末,老马的工友就过来了,也不进屋,躲在窗下装猫叫。正看着报纸的老马被叫烦了,屁股不离板凳地连声驱赶,越赶叫得越凶。伸头一看,都哈哈大笑。不是在院子里摆上一盘棋,就是掂着根鱼杆晃悠悠出门了,到晚上酒气熏天地回来。

最好笑的是自家的几个孩子。都怕威严的老马,对老马制订的那些规矩只好阳奉阴违。两个儿子经常要溜出去玩,可门在老马的眼皮底下。窗子就成了最好的进出通道。一不小心,窗下的瓶瓶罐罐碰响了,装一声猫叫,赶快溜之大吉。有时候,还让妈妈给配合,引开老马,然后像条泥鳅似地出去和回来。等到老马不见了孩子,发一通火,低眉顺眼外加轻言细语几句,才慢慢化解。

女儿初谈恋爱，瞒着爸爸。晚上的约会咋办？找个借口，到院里的谁家，然后跑到院外见男朋友。一边谈着恋爱，一边辄着耳朵听着，一听到爸爸叫，立马远远应一声，三两步就进了家。

儿女们都长大了，扎上翅膀飞了。先是家里冷清下来，然后是大杂院里的人家一户户地搬走，破败的房子不合年轻人的口味了。老马退休了，倚靠着冷清的窗户，偶尔能看到听到几声收破烂收酒瓶的叫卖，除此，再没了别的。

城市发展，大拆迁，大建设，如火如荼。大杂院没了，住进了高高的楼房。住的是五楼，站在窗前，一眼望出去，全是楼。好像就是从那时候起，老马说窗外有人的。先只是偶尔，后来就每天都有。有时，明明在床上睡着，嘴里冒出一句：

窗外有个人！

也不知是清醒着，还是梦话。一开始，老伴有点慌，带着老马到医院检查，全面检查，可啥毛病没有。接着隔三间四打电话给儿女们，让他们经常回来看看。回来了几趟之后，再打电话，没效果了。这个说忙，那个说没空。只要不是说病了，躺在床上起不来，别指望进门。唉！也的确忙，生活不容易呀，比不得往年。

老马跌倒了。非说窗外有人，老伴说没有，不相信，自己伸出身子去看，一脚踩滑了凳子，栽在了地上。要是栽出了窗外，命就没了。幸好只是大腿骨折，住了二十多天的院。

孤伶伶躺在病床上，只有老伴日夜不离地陪着。相邻的床位是个政府小领导，看望的人川流不息。老马的眼睛紧闭，像是在休息。好不容易没人了，老马时常来一句：老婆子，窗外有人呢！老伴烦了，不理他，可不理不行，非要老伴去看。

小孙子好不容易来了，放学路过，来看看。奶奶七哄八哄，让他先躲到窗下，总算满足了爷爷一回。乐得老马喜笑颜开，连连说：我说有人吧，偏不信。高兴了一整天。

老婆子！老马又叫了。

唉！哪怕能有一只鸟停在窗台上也好啊。

寂寞的床

檐角上的日月不知挑了多少个轮回，黑瓦仍黑，白墙仍白，老张头倒像墙头上的草一样，枯了，再也直不起腰杆。

那双握惯斧头刨子凿子的手，一个劲地抖，连筷子都拿不住。吃饭不能端碗，身子趴在桌子上，一只手死死抱着碗，另一只手一把攥紧勺子，从碗里向嘴里扒。扒得桌子上、地上到处都是。吃着吃着，自己的眼泪就下来了，滴在饭里，怎么就成了这样子呢？

已经没什么事能让老张头伸手的了，伸手就是惹祸，倒不如闲着。墙角的竹椅是他的，常年放在那，有太阳的时候，就窝在椅子上，眯着眼，一动不动，也不知是睡着了还是在想什么。

一天里，总有那么多回，挪到孙子的门口，推开门，往里看。房里满是书，柜子里，桌子上，都满满当当，孙子仿佛还趴在桌子上学习。除了这些，就是一张醒目的床，出自老张头之手的雕花木床。

老张头是个木匠，手艺没话说，在徽州这一带，属数得着的。

当年红火的时候，得提着酒，拎着肉，上门来请。就这，还得排队，不到半年之后，别想动工。孙子这床，在媳妇怀孕的时候就开始打了,老张头使出了浑身的解数,鲤鱼跃龙门、哪吒闹海、童子拜佛、和合童子、吉祥如意等等,应有尽有,雕的是栩栩如生,像活的一样。床还没完工,就有四乡八邻的人慕名来看,还有当场出高价要买的。老张头嘿嘿笑着忙活,理都不理。

连儿子都嫉妒了,说孙子的床比儿子的好。

一眨眼,小学,初中,高中就在县城里上了,住校,偶尔回来一趟,再然后是大学,远得老张头都不知道在哪。床空了,跟老张头一样,很寂寞。床跟房屋一样。房屋得住人,才会有人气,才会旺,床得有人睡,才会有生气,才会旺。可现在的年轻人不懂了,唉!

儿子的床,也是老张头的手艺。同样是精湛的雕花,只是内容有区别,什么花好月圆、百年好合、送子观音等,都有不同的寓意。

记得儿子刚订婚,老张头准备木料时,儿子提出了反对意见。说现在都时新买席梦思床,这老玩意会被人笑话。老张头脖子一僵,说,你懂个屁,那也能叫床?别人想要还要不到呢。儿子不敢吭声了。老张头是个说一不二的人,在方圆百里都有威信,何况家里。

那床虽然落了伍,做工却赢得人们的称赞,与洋式的家电放在一起,有一种特别的风味。结婚没多久,小两口出门打工了,就像古徽州人出门做生意一样,为的都是活路。新崭崭的床,空在那,花红柳绿的被褥等等都是新的,也都空着。一看到,老张头心里就不是滋味。

床就是用来睡觉的,老是空着,算什么呢?老张头满肚子不自在,脸上看不到笑容,可能跟谁说呢?老婆子如果在的话,倒能说说话,不用搭腔,听着就行。可惜,早早地就把老张头丢下,只管自己享福去了。

每到晚上,靠在床头,老张头的旱烟锅在黑暗中一闪一闪,就知道他还没睡。不用睁眼,这床的拐拐朗朗都清晰得很。

这是老张头单独打的第一张床,用足了心思。以前都是跟在师傅后面,师傅叫怎么做就怎么做。这不一样,一来是自己独立的活,二来是自己的婚床,可别让未过门的媳妇瞧不起。在打床的中间,媳妇羞答答地来过几次,站在一边偷偷地瞧。老张头兴奋地指手划脚,说这是干什么的,那是什么意思,把媳妇给羞得一溜烟跑了。过门后,睡在了床上还在嬉笑着说道。

老张头躺在床上,起不来了,也不想起来。老张头明白自己随时随地就会走,无论如何,得躺在床上走。一张床,如果不能接一回生,送一回终,就不算圆满。想着想着,老张头就断了气,一脸的幸福。

这回,是老张头的床空了。

儿子和孙子站在床前,商量着该怎么处理。儿子说留着,是个念想。孙子说,爷爷说床得睡人,空着不旺。不如给博物馆吧,那里人来人往,有人看也比空着强。

寂寞的唇

文倩的嘴唇非常红润饱满,那真的是娇艳欲滴。如果不是因为占据了大半个脸部的狰狞的伤疤,文倩的命运将绝对是天翻地覆的变化。

可造化就是这样弄人的，刚刚启幕的青春就遭遇了恶魔的爪印——

大四那年，号称冷美人的文倩终于被俘获了芳心，一个既有才华又有家庭背景的同班同学宇轩宣告抱得美人归。其实，传统的文倩与他只有手的接触，并坚决拒绝更进一步的行为。

毕业狂欢晚会上，酒精的刺激，悲伤的气氛，放松的身心，谁都在尽情地狂欢。突然，整个现场的灯光全灭了，一束追光打在宇轩身上，光着脊背，背负着几根荆条，手捧一大束鲜红的玫瑰花。全场人的目光聚焦并追随着，当宇轩一步步走到文倩跟前，单腿下跪，把玫瑰呈献时，全场响起了热烈的掌声和尖叫。文倩热泪盈眶，面对负荆求爱不知如何是好，宇轩猛地站起身，把文倩拥在了怀里，成就了文倩的初吻，众目睽睽见证下的初吻。

一串火花横空里划过，同学们还以为是宇轩特意营造的烟火氛围，可一瞬间普及开来才知道，火灾降临了。文倩本能地一把抱着宇轩的头，伏倒在地上，直到救援来临。宇轩毫发无损，可文倩的面部却严重烧伤。当纱布揭开，所有看见的人不敢再看第二眼，文倩更是悲痛欲绝。除了鼻子以下的部位仍是原样以外，几条扭曲纠结的肉疙瘩顽固盘踞，而且黑里泛红，无法形容的丑陋。

那个疯狂爱恋她的宇轩，连救护之恩也抛至脑后，消失于无形。文倩几次寻死不成，整日以泪洗面。不只是男人，女人也保持距离了，孩子则见到就哭，实在是不能目睹。

一个自制面罩从此再不脱离，一个女性应该经历的爱情婚姻，因此不得不搁浅下来。好在文倩自谋出一条生路，不至于生活无着。就这么过吧，不是强求的事。这一晃，就是三十出头，成了老姑娘。

妈妈受不了,恨不得到大街上抓个人回来,是男人就行。机会来了,同事的邻居的老婆因病去世,是个穷工人,没有任何要求,孩子已经自立门户,就是有个伴过日子。年龄的确大了些,已经五十开外。

文倩不愿意,却经不住妈妈的软缠硬磨,除非真地一辈子一个人过。只得从了,不需要什么仪式,拿个结婚证,就直接成了一家人。

男人没什么文化,头脑简单,喜欢喝点小酒,是顶替当的工人。半道上凭空娶了个还没结过婚的姑娘,高兴得不得了,天天唱着小曲,喝着小酒。本来,文倩是不打算取下面罩的,她怕男人受不了。可好奇心重的男人,趁文倩脱面罩洗脸的功夫,猛不定地看了个明白。一看之下,瞪大了眼睛,像傻了一样,老半天没缓过神来。那曲也不唱了,酒喝得更猛,整杯整杯地灌。文倩不理他,上自己的班,做自己的事,像没看见一样。

最可气的是晚上,几乎每天晚上男人都要做那事,但不存在什么前奏和序曲,直来直去,头与头之间的距离起码在两尺远,或者干脆就是背后的动作。文倩的泪水默默地往肚子里滚,这是夫妻吗?明明是泄欲的工具呀。

文倩学会上网聊天了,给自己起了个网名,叫"只求一吻"。在文倩的心目中,并不记恨宇轩,或者说,一开始的恨已经慢慢消解了。面目,连自己都不能承受,何况别人?脑海里,记忆最深刻最甜蜜的,是毕业狂欢晚会上的初吻,一吻至今,久久难忘。红唇为谁而生?不能享受亲吻的红唇,无异于不能走路的腿,要它何用?

加文倩的网友很多,迫切希望见面的网友也很多,可一见之下,无不望风而逃。每每面对比兔子溜得还快的网友,一声冷笑,寻觅的力度更大更疯狂。视频可以，只能看见娇艳欲滴的红唇，诱人的红唇，任你什么男人，都受不了诱惑，无不应约而来。可一来之下，又逃之夭夭。

又一个男人来了，常年累月埋在古诗堆里的男人，视心灵之恋为神圣的男人，戴着深度近视眼镜的男人，从没沾过女人腥的男人。不知是看不清还是已经把文倩痴迷为心中的女神，面对文倩主动迎上的红唇，义无反顾地给予了热烈地回应。

那一吻，深情而绵长，疯狂而坚决，让路人为之侧目。可就在突然之间，一个身影飞扑上前，一把水果刀狠狠地刺进了文倩的后背。那一吻，成了句号，终结了文倩对吻的所有渴望和追求。

原来，文倩的寻觅过于疯狂了的缘故，男人有所察觉了，悄悄跟了踪。一见之下，勃然大怒，岂能罢休，愤而出刀也就顺理成章。可怜文倩还不知道怎么回事，就告别了人世，还好，是停留在了吻的美好世界里。

寂寞的村庄

哎——哎——

小丫爬上山顶的巨石，没等气息喘匀，深深吸口气，两手圈成喇叭，向着四周围的群山，使尽了吃奶的力气就喊了起来。

一连串回音从大到小，从高音到低音，渐渐飘渺远去。很小的时候，大伙伴们就带着小丫等小伙伴，经常在这玩这个游戏。不同的是，那时候，这里喊起来，另外的地方总有呼应的声音响起，你来我往，此伏彼起，很是热闹。现在，小丫只能听到自己空旷的回音，喊了几下，没了兴致，一屁股坐在石头上，发起了呆。

山脚下就是小丫的家，空荡荡的家。不只是小丫的家，有的人家更空，一把锁常年锁着，门前满是荒草。小丫经常会想，但想不通。都不在家住，建这么漂亮的楼房干么呢。家家都是，整个村庄，乍看起来就是城市的别墅群，值好多好多钱的别墅。太可惜了，要是搬到城市里卖掉，爸爸妈妈也就不用打工挣钱养家了吧，我也就不用和奶奶空守着这个家了。

奶奶做的饭好难吃，奶奶什么都不懂，跟奶奶无话可说……小丫对奶奶有很多很多的不满，可当小丫把这些通过电话和短信告诉妈妈时，妈妈却批评小丫不懂事。小丫的泪水止不住地往下流。

尤其上一次，头发已经花白的黄老师把小丫叫到办公室，说小丫的作业写得不工整。一边说，一双手边在小丫身上动来动去。小丫听同学说过，可不信，现在信了，恨不得在黄老师的手上狠狠咬上几口。小丫淡淡地跟奶奶说了，奶奶说，老师是关心爱护你呢，就跟我一样。可黄老师是男老师呀。

不行！得让妈妈回来，最好是爸爸妈妈还有小伙伴们都回来。孤单的日子太难过了。

晚上看电视的时候，小丫还在想着这事。看着，看着，小丫有主意了。到处都在搞开发旅游，来的人多了，就有钱赚了，爸爸妈妈叔叔伯伯也就不用出门打工了。可这里没什么稀奇呀，得有一个非常非常吸引人的东西才行。

睡在床上，小丫还在想。恐龙？太虚假了，没人会信。野人？其它地方已经有传闻，不新鲜。飞碟？飞来飞去，不一定有效果。小丫把所能想到的稀奇古怪都想了一遍，又都否定了。

小丫用手机看微博。手机是妈妈过年时带回来的新年礼物，让小丫有事情就打电话或者发短信。小丫还学会了上网，学会了看微博，发微博。可很多时候，小丫不知道写什么内容往上发。小丫知道，小小的微博也能引起轰动的。

考虑来，考虑去，小丫拟就了一条消息。"某某山中，出现了一个半人半兽的怪物，来无影，去无踪，无人见过其面目。一夜之间，整座村庄的鸡鸭和猪等全部吃尽，吓得所有村民不敢在家住宿，目前已成为一座空村。"

一夜之间，名不见经传的小山村出名了，当地政府和公安的电话都打爆了，新闻媒体更是第一时间赶到。实地一了解，才知是一个谎子，是一个小学生的无聊恶作剧。辟谣新闻发出，风平浪静了，小丫被老师狠狠批评了一顿。

挨了批评，小丫却有小小的得意感。试验成功了，虽然没达到想要的效果，起码说明是有效的。实在是太无聊了呀，连个说话的人都没有。

夜晚是绝对不敢出门的，一片漆黑，一幢幢楼房像黑压压的山挤压过来。大白天走在村子里，都有一种荒凉的感觉，脚踩一下，有空空的回响。小丫很不习惯现在的村子，小时候的人欢鸡叫，多么温馨。就是吵架，听着也热闹。

小丫还想再试一次，必须让父母回来！

"近日，某地某小学数十名女生突然失踪，且多日不闻音讯。校方先是隐瞒事情真相，最终消息走漏，才不得已报警。据说，警方深感束手无策，正积极寻求各界支持和帮助。"小丫手指狠狠地一按，微博发送成功了，脸上是坏坏的笑。微博发完，手机立即关闭。看你们可在乎女儿，如果在乎，应该立马赶回来吧。

当父母、老师、警察、记者还有很多人围着小丫，等待小丫说出为什么要造出如此谣言，引起社会轰动的答案时，小丫才知道，事情闹大了，不可收拾。委屈的泪水像梅雨季节的雨水，湿了脸，湿了人，湿了眼前的一切。

"村庄太寂寞了，我怕！"

寂寞的灯

三娃子，城里有煤油卖吗？能不能帮我买一点？

几年来第一次回山里老家做清明的我，刚刚端上旧邻的热茶，老王头迫不及待的一问，就把我给难住了。煤油现在还有卖吗？在我的印象里，那好像是一二十年前的事了吧。

没等我反应过来，几个乡邻连哄带劝地把老王头给赶走了，然后歉意地对我说，别理他，神经有问题了。我皱起了眉头，老王头可是这村子里最勤劳最能干的庄稼把式，啥时候神经有问题了？问话一出来，几个乡邻长吁短叹上了，七嘴八舌地说出来老王头的一堆事。我梳理了一下，大概如下：

两个儿子的小家庭，都出外打工了，几年没回来；老伴去世，剩下他一个人生活；有电视不看，有电灯不开，一年到头点煤油灯；没事坐在门口发呆，打雷都惊不动他；等等。

唉！家家有本难念的经。清明做了，难得回来，被乡邻们硬留着小住几日。正逢赶集，和几个乡邻一起到集上逛逛了。嗬！几年不见，大变样，毫不逊色于城里的农贸市场，要啥有啥，人也是川流不息。

我看到老王头了，挑着两只特大的塑料桶，一家家店面地问询。我很好奇，他是要买什么呢？紧跟几步上去，也不靠近，就那么跟着他，能听到他说话和做事就行。师傅，有煤油卖吗？我听到了，每到一个店面，老王头都要问上这么一句，在得到否定的回答后，再换到下一家。一连跑了十来家，都是如此。

我问乡邻，老王头为什么要买煤油？现在也没用得着的地方呀。乡邻说，每到赶集的日子，他都会来，满集市的人都认识他了。点煤油灯呀，还能有别的用处？煤油灯？我这才想起乡邻说过，他不开电灯，只点煤油灯的事，难道是真的？

我萌发了到他家看看的想法，说去就去，就煤油为话题，我跟上老王头的步伐，一直跟到了他家。家，简陋到了极点，几间老式的砖瓦房在清一色新楼房的村子里显得有些另类。两个儿子的家是新楼房，但大门紧锁，与老王头无关。

我细心看了看，屋里屋外虽简陋，但清爽干净，根本看不出来是没女人操持的家。一台旧电视机放在堂屋案桌上，像供祖宗牌位一样纹丝不动，连电源线都不用插。除此，再没有其它电器。进到卧室，我看到煤油灯了，在已经发黑的古式圆桌上，孤独地挺立。通体洁净发亮，可见维护得精心，薄薄的玻璃灯罩上有一道长长的裂缝，靠上口的位置还缺了一小块。

儿时的夜晚，我在这样的灯具照射出的昏黄灯光里，写作业，看书，听补衣服的妈妈讲故事，然后悄然入睡的。没想到，时隔几十年过去，竟然又看见了它，一种亲切感油然而生。

这可是个古董呀，你能保存到现在，真不容易。我对老王头说。老王头很淡然，没什么表情，一转头，走开了。稍微坐了会，我没趣地离开了。晚上，我连打了十几个电话，终于联系到一个能搞到煤油的朋友，第二天，我再次来到老王头家，把消息告诉了他。老王头成了孩子似的,两眼放光,手舞足蹈,一把抓着我的手,拼命地摇。

几番交谈下来,我明白了,老王头的神经并没有问题,他只是需要一个念想。儿女小时,日子清苦,一盏煤油灯就是温暖。老伴长衣服改短,大衣服改小,边做针线活边照应玩耍的孩子。老王头靠在桌边,含着旱烟嘴,眯眯地笑。后来有电了,有了电灯电视机,煤油灯扔到了旮旯里。儿子成家单过了,老伴不喜欢看电视,还是做针线,边做边唠话,直到老伴走了,只剩下孤伶伶的老王头。

整理旧物件时,一眼看到废弃了很多年的煤油灯,老王头如获至宝,重新擦拭干净,也重新点燃了起来。煤油灯亮着,老王头就仿佛回到了从前,心里也不再空荡荡的了。每天擦拭煤油灯,老王头特别用心,手被玻璃灯罩的缺口划破过好多次,血也滴在了煤油灯上。但只要昏昏黄黄的灯光映照出来,老王头就比喝了蜜还甜。

我离开老家时,最不舍的就是老王头。我特意在电话中叮嘱朋友,无论如何,要定期供应一些煤油给我。

煤油灯不能灭,不能!

寂寞的房子

老黄有个习惯:算帐。

这可以说是他的职业习惯。早在生产队的时候,老黄虽然只有小学三年级文化,却是队里唯一的文化人,毫无疑问地被推上生产队会计的岗位,一干就是几十年。直到包产到户,生产队改为村民小组,不再需要会计。

老黄随身总带着一把算盘,黑漆本色,磨得发亮。那是包产到户划分责任田地时,老黄以一分地为代价,向生产队换来的。老黄算过帐,一分地能产几十斤小麦,十年,二十年,更是了不得的数字。可那算盘就是老黄的命,比儿女还亲。老婆为此骂了几十年,老黄眯眯地笑,像是听奖赏。

老黄是除老五保外,最后一个离开村庄的人。老五保无儿无女,先是生产队供养,然后是各家各户,再然后是政府。他就是想到哪去,也去不了。但村子里的人不是,从三三两两出门打工开始,一窝蜂地扎到城里,连带着老人和孩子。最怂的也是县城。

老黄拨拉着盘算珠算过,每户当初建小洋楼的成本至少是二十万,土地和自家的人工物料等不算。再加上太阳能、电视机、电冰箱等家电家具,这一个村庄就是五百万。可如今呢?全作废了。无人居住不就是作废吗?

如果不是盖了房子,而是可以耕作的土地,每年又将收益多少?能养活多少人?老黄算过很多次,算一次,心痛一次。恨不得把这些房子都扒了,改为可以种植粮食的地。这只是这一个村庄,其它的呢?中国有那么多村庄,会有多少村庄也是这个样?

老黄为此向村里乡里反映过,乡领导笑呵呵地说,这是好事呀。说明咱们农民发财致富,不用面朝黄土背朝天了,还过上了城里人的好生活。我们应该高兴才对。老黄摇了摇头,叹息一声,掉头就走。

一场病,老黄像是被绑架一样给押到了城里的儿子家。就带了一样东西——算盘。坐上饭桌,老黄指着一道道菜,问买时的价格,问油盐酱醋,问液化气,噼哩啪啦一拨弄。乖乖! 这一顿饭不便宜呀。

一天下来,临睡前的算盘也是要响的。问儿子,问媳妇,都有什么花费,买了啥,支出了多少。时间久了,媳妇有点烦,吃喝住行啥都不用管,操那个心干么呢? 还想管我的家不是? 儿子阻止了,说闲得慌,随他去。帮着算算也没什么不好。

老黄不但给儿子算,还帮别人算。打扫卫生的保洁,小区门口的保安,闲逛认识的老头老太,几句话唠下来,算盘珠子就响了。很有一些人看稀奇,都按计算器了,这玩意准吗? 老黄脖子一梗,准不准你校去。算盘往胳肢窝一夹,走了。

小区的另一边有个湖,湖边有很多非常漂亮的别墅。老黄发现问题了,怎么有好些个没人住呢? 这城里的房子可不便宜呀,何况还是别墅,光花钱买了不住算个啥事? 老黄问儿子,儿子说,那是别人的事,我哪知道呢。老黄联想到了村庄里的房子,眉头打了个结,心里头也打了个结,有事没事,转悠的范围更大了,包括周边的其它小区。

这一转悠,老黄又有了新的发现,小区里也有很多房子没人住。白天不见进出,晚上不见灯光,有些根本就没装潢过。房子不就是住的吗? 农村人都来城市了,都抢着买房,买到手了还不住?

在大学读书的孙子放暑假了,要搞社会实践调查。老黄一拍胸脯说,我陪你调查,咱就调查房子。孙子眼睛一亮,还真一拍即合上了。一老一小忙开了,白天不在家,晚上也不在家,跑相关部门,跑各个小区,跑房地产公司,跑公园和马路上搞问卷调查。

回到家,孙子整理材料,老黄负责计算。越算,老黄的脸色越黑,眉头越紧。自个在村庄时每每算过后的疑问又重复出现了,这得浪费多少钱,占用多少地,少收多少粮食呀。咋能这样呢?

最可气的是,有些房子竟然连主人都找不到,比如湖边的别墅。孙子的调查报告出来了,很有一种成就感和兴奋感,老黄则有了另外的主意。

带着让孙子复印的调查报告,老黄来到了电视台。算盘哗啦出来,十指翻飞,不见手指和算珠,只闻珠玉之声悦人耳目。电视台的人惊呆了,一期节目录制播放出来,叫《老会计的算盘》。只是,几乎不关房子的事,说的只是算盘,老黄的算盘。

寂寞的狗

小区不大,就几幢楼,楼中间有块空地,当中是水池,水池中是莲花之类簇拥着的假山,周边四五座椅,六七简单的健身器械,加上圆环形的绿草地,算是住户休闲的所在了。

方伯和袁阿姨就是经常在这里遛狗相识的。相识以后才知道,两人所住的楼是相邻的,都是三楼,如果同时站在阳台上,还可以打个招呼说个话。这样一说,两人都不好意思地笑了。

方伯说,我的狗是儿子为我买的,说我一个人孤单。他的小家庭在外地,不能照顾我,就让这狗陪我。袁阿姨说,我的狗是女儿送的。一个城东,一个城西,又忙得很,没空经常过来。

方伯说,儿子说这狗名贵,是纯种。袁阿姨说,我女儿也这么说,让我看紧点。在我,就是伴,管它值多少钱呢。方伯很赞同,只是个伴,离不了的伴了。

只要天不下大雨或者雪,方伯和袁阿姨以及他们的狗就一准会出现在这里。还能去哪里呢？老了，走不了远路了，最主要的是怕儿女担心。那狗不是，在家根本呆不住，能窜得人烦躁，只好出来。单纯在小区里巴掌大的地方，一开始也抵触和抗拒过，可链子拴着，由不得它向往自由的心。久而久之，也就驯服了，像老人一样，趴在那，没精打采地看天看人看假山。有暖洋洋的太阳晒着，就已知足。

方伯和袁阿姨相识后，坐在一起闲聊，但各自的狗却强行遥遥有距。大眼对小眼，你瞪我，我瞪你，发威也好，不理不睬也好，想打招呼也罢，只能远远地虚张声势，不能产生实质性的行为。谁叫决定权不在它们手里呢。

于是，都无聊地很。方伯的狗探出爪子，不停地拨弄草间的壳子虫之类，翻过来，覆过去，乐此不疲。或者伸胳膊瞪腿，其实也就是前腿和后腿，像是一种锻炼的体操，显示自己的肌肉似的。目光时不时扫过对面的同类。袁阿姨的狗娇柔许多，扎着蝴蝶结的耳朵时而一通摇晃，粉红的舌头舔个不息，偶尔温情地叫上几声，好像是给主人报个平安。对于对面的目光，颇不在意，偶尔的回礼是不易察觉的。

很多时候，干脆就是坐卧成一团，眯着眼，似睡非睡，但稍稍的动静，一准会快速反应。不知不觉的一天，方伯和袁阿姨不再刻意地拉开狗的距离了，也的确生份了些，别扭了些。两个家伙乐坏了，毕竟是狗，不会掩饰自己的快乐。你缠我，我缠你，转圈，打闹，滚翻，追逐，很是不亦乐乎。

两人眼看着狗的嬉闹，少了落寞和清冷的感觉，目光柔和了许多，安定了许多。不拴住绳索，也不用担心会跑远了去，更不会溜之大吉。随它去吧，它们也的确太孤独了。

一晃，又是个春花烂漫的季节，草地也绿了不少。这一天午后，两只狗竟毫不避嫌地叠起了罗汉，那兴奋的程度极具煽动性。两老人对视一眼，又尴尬地分开，但没有丝毫拦阻的意思。要在往常，早就毫不犹豫地将状况扼杀在摇篮中了，岂能纵容至如此地步？

从那开始，一发而不可收了，两狗的亲热程度更上了一层楼，时不时就会上演一出爱的剧目。两位老人的距离也不知不觉间近了，有时，不自禁地相互伸手搀扶一下，帮助抚弄一下衣服什么的。逢到雨雪天气，遥遥相对的阳台上，狗在遥遥相望，人也是，是否看得见对方并不重要。

不经意的一天，方伯和袁阿姨一身新衣，笑盈盈地手牵着手一同进出了，而且是同一楼道同一个家门。同样相伴而行的，是两只狗，很明显，那只母狗已经身怀六甲。

寂寞的号码

我是一个手机号码，从我属于一个多情善感的女人开始，就再无分手逃离之心。她是一个好女人，温柔贤淑，知书达礼，虽然我只是一个普通的号码，可她却与我融为一体。可惜，她嫁了一个不懂得爱也不负责的男人。天长日久，家庭已像具空壳，里面只有她和孩子。

女人是老师，业余开了家网店，专门售卖东北土特产品和工艺品。孩子上小学了，家庭开支都是她一人承担。网店都是自己打理，进货，洽谈，发货，仅有的一点业余时间全部借此打发。

其实，更准确地说，我是储存在一个中年男人手机里的号码。我的主人是那个女人，但居住地，却是这个男人的手机。我的居住时间，已达八年之久。据说，抗日战争也是八年，多漫长的八年呀，一个民族从屈辱偷生到顽强站立起来的艰辛过程。我的八年，却找不出合适的关键词来形容。如今的我，已经低到了尘埃里，但脉搏还在，只是微弱之极。

那是一个早春的夜半，她忙了一晚上，终于闲下来，却无睡意。QQ好友里人数众多，都是生意之交，没有一个说话的对象。有几个头像仍七彩斑斓，却无意惊扰。突然，一个显示为画板的头像亮起来，而且直接发来了话。

请举荐几个最有东北特色的民间工艺品好吗？我一个专题写生急用！

好的，稍候！

时间不长，她就发了几幅工艺品的照片过去，还有详细的介绍文字。对话间，她忘了孤独，滔滔不绝，他兴致倍增，问题不断。那天晚上，他们聊了两个小时，仍意犹未尽。第二天，货发出了，她额外赠送了一个自己手绣的荷包。他收到了，兴奋异常，说正是他想要的。她这才知道，他是一个画家，有些落魄的画家。多年的清贫，妻子再难以坚守，带着孩子另过，就等着把红本换成绿本。他也知道了她的不易，两颗心莫名地近了，偶尔的闲暇，QQ上的聊天挤满了生活的缝隙。然后，就是我从遥远的她落户到他的手机，像是架设起一座爱的桥梁。

他说，海是世界上最雄浑的乐章。她没见过海，他就出差的机会，在海边坐了半宿，与她共享海的呼吸和激情。

她说，东北的雪最厚，风最烈。他想感受。她或坐或躺在雪堆里，拍了照片发过去，把手机迎向风，让他听风的呼啸。

他说，东北二人转最具民俗风味，只是听不到纯正的。她用手机到处去录音，发给他，还自己唱给他听。

她说，你的画作很有个性和思想，为什么不想办法走向市场。他听从了她的建议，就在她的网店里设了专柜，让她全权代理。

他说，想见到她。只要她同意，他就会来，哪怕只是见上一面。他算过，两人之间的距离，就算是坐飞机，再加上辗转，起码得两天时间，来回就是四天。何其漫长啊。

她说，这样已经很满足了，人生不可奢求。其实，她想他来，只是，太多的原因让她不敢去想。

心近了，融了，身就会渴望。言语间，激情悄然而至，快感从天而降，性爱竟然可以在虚拟的空间发生，这是他和她都不曾想到过的。听着对方的喘息，如在身边，火在心内燃烧，也在体内勃发，手指动处，相爱相合。多么美妙和幸福的时刻，只是，并不满足。

从我存进他的手机，一天几个小时的通话，上百个短信，司空见惯。不分白天黑夜，春夏秋冬。不觉间，别扭，矛盾，吵架，次第出现，频繁出现。他咬着牙，狠狠地把我删除。可再删，那几个数字早已烂熟于心。也曾拉入黑名单，可不到一夕之间，又拉了回来。

总有一些叫做阻隔，总有一些叫做不能放弃，总有一些不能两全齐美。痛了，累了，疲了，乏了，冷了，再然后，像一塘持续不断打捞的鱼，日渐稀薄。先，他还偶尔看看我，有按下我的冲动。渐渐地，我被扔在遗忘的角落了，只是存在而已。手机换过了几个，每一次号码梳理和转移，他会关注我良久，最终还是储存着，不忍删除。

他已忘了她的模样，她也忘了他的长相，包括声音。已经是第八个年头了，我还在。在的，只是一串数字，是号码。

仅此！

寂寞的家

"是石代仁吗？我是派出所民警。你家被盗了，抓紧回来！"

被盗？石代仁一下子有点转不过弯，那可是高档小区，安保严密，自己家里面还装了警报器的。一个电话打给老婆，老婆说正在上课，走不了。算了，自己回吧。一边迫不及待地出办公室，一边给张总和黄董等几个人打了电话，说明紧急情况，取消约定。

正是下班时间，本想快些到家，可到处堵车，好不容易上了一个岔道，却又想不起来该从哪条路上拐弯才是家的方向。等手忙脚乱到家，派出所的人已经走了，只有一个保安在附近值守。石代仁拨脚就要进屋，被保安拦住了。

"你是谁？"

"我是这家的主人呀。"

"主人？我怎么没见过你？"

"我还没见过你呢。"

"笑话！这小区刚建好我就在上班了，有几个住户不认识我？"

石代仁掏出了身份证，保安好一番对照，才半信半疑地让其进了门。门窗完好，东西不很凌乱，只有卧室里的关键部位有翻动痕迹，盗贼技术高超，也是有备而来。保安说："幸好你家白天经常没人，要不我们还真不容易及时发现。"石代仁一面感谢，一面问:"贼呢?都偷了些什么?"保安说被派出所抓去了,让主人一到家就去配合调查。

从派出所回来,老婆也已经到了家,赶紧一番盘点。幸好发现得早,又是现场抓获,基本无损失。心里安慰了许多,却很是不解。这么大的小区,有钱的人多的是,咋就被贼盯上了呢?

"要是家里有个人就好了。"石代仁说。老婆回敬:"你爸一个人在乡下呆着,都说无数遍了,难道非要等到不能动了,再来让我们伺候?"

一说到父亲,石代仁就皱上了眉头。还在上高中的时候,父母累死累活地借债把老屋翻成了二层小洋楼。就为了挣个脸,不比同村人差。同时也考虑儿子高中一毕业,也该说门亲事,得提前把房子搞好。没想到的是,儿子考上了大学,还是本村的第一个大学生,脸上的那份光彩盖过了没钱的窘迫。债上加债送儿子上了大学,毕业后在城里工作了,找的是城里的媳妇。没想到企业破产,跳来跳去地找工作,借的债全是老两口一分一厘地还。儿子的房子是按揭的,家里能变卖的,都成了首付款的一部分。好不容易,日子好过了些,母亲一病不起,撒手人寰。老父亲无论如何不愿离开家,非得一个人自由自在,任你怎么劝说都不听。

石代仁下岗失业后,走过了一些弯路,但凭着好学和上进,最终在一家大型民营企业担任设计总监,还自己开了家小设计公司。忙碌的程度可想而知。也实在是没办法,先是还房贷,接着是小套换大套,然后是孩子上全封闭的私立贵族学校,都得要钱啦。连做会计的老婆,都兼职了一份培训学校老师的工作。那高档小区里装潢考究的家,当然看不到人影。

保姆请回来了,待遇不低,没别的要求,长期住在家里就行。保姆是个中年妇女,老公四处打工,儿子正上大学,急需钱。保姆很勤快,不管主人在不在家,都是清清爽爽,一进门,有种温馨温暖的感觉。最关键的,安全有保障了,石代仁夫妻俩就是十天半月不回家,也放了心。

不到半年时间,保姆不干了。问什么原因,扭捏了半天,才说出实话。家里总没人,不像个家,待不下去。石代仁夫妻俩对望了一眼,似懂非懂。不干是事实,搞清楚原因也是白搭。

在老婆的一再要求下,石代仁拨通了父亲的电话,话还没说,老父亲先诉上苦了。

"儿子,你总得偶尔回来看一趟吧。这家太冷清了,不像个家呀。"

"爸,我不是早就说过吗?您抓紧过来,这边才是现在的家。"

"胡说!你妈能答应吗?离了我,离了家,她不成了孤魂野鬼了?"

石代仁噎住了,无话可说。看看现在的富丽堂皇的家,好空旷,也好冷清,好寂寞,也不像个家呀。

家,到底应该是个什么样呢?

寂寞的兰花

又是浑浑噩噩的一天!

当西坠的夕阳把最后的光亮毫不吝啬地铺陈在大地上时,兰花已经懒得伸展屈指可数的花瓣,即将到来的黑夜与白天有什么区别呢?偏远幽深的山野,参天树木,遍野藤蔓,杂草茂盛,兰花是唯一的一株。曾几何时,不再有兄弟姐妹的存在和声息相闻?兰花大有失语的危险。

不好!听到人的说话声了,那人竟然腰捆绳索顺崖壁而下,直奔自己而来。兰花努力蜷缩着身子,企图躲过人的视线,但还是被发现。人停在自己的面前了,细细地端详,手抚来弄去,最主要的,是用鼻子凑在兰花上深吸一口气,狠狠地闻。人摇头了,自言自语:怎么一点香味也没有呢。不对,不是兰草。

人远去,兰花出了一身的冷汗。又逃过了一劫,自己的努力是对的。兰花又开始沉入漫长的回忆中,对往昔的怀念和回忆,是兰花每天必做的功课。

那是多么繁盛和热闹的时光啊,凡是山野之地,无不兰香弥漫,遍野葱郁。挥汗如雨劳作的乡民是幸福的,蓝天高洁,白云遮日,幽香沐浴,野果充饥,没有比这更好的工作环境了。他们的健康是原生态的,无须金钱交换,收获丰衣足食的同时就可收获。远道而来的游客,总不虚此行,景不必有多美,单就这赏心悦目的绿色和间杂其中的百花盛放,就足以陶醉。何况,还有沁人肺腑兰香的点缀,乐不思归。

兰花无法忘记那一幕幕仿佛仍在眼前的惨不忍睹场景。善良憨实的乡民像发了疯一样,满天遍野地挥动镐锄,白发老人和年幼的孩子也不例外,可怜的兰花家族连逃生的机会都没有,无不泣血哀号,惨遭毒手。

从乡民的对话中得知,兄弟姐妹们被当作商品,转手出卖,甚至几番转卖,价格连连攀升。从山野到小镇,再到城市和都市,背井离乡,苟延残喘。利益的驱使,使得宁静的山野再也无法宁静,连带着连绵的大山都千疮百孔,伤痛频频。兰花无从得知,兄弟姐妹们还有几多还活着。

兰花是幸运的,也是悲哀的。为逃避面对整个家族的灭顶之灾,藏身于荆棘丛生的险恶崖畔,战兢兢,鬼祟祟,大气不敢喘,日光不敢见。最为不耻的是,兰花强逼着自己,把与生俱来的兰之香慢慢地扼杀殆尽。要知道,兰花可是以香著称的花卉呀,因喜居山野丛林,才具高洁清雅的特点,被喻为花中君子。可现如今,兰花不得不弃宗忘祖,改变血性与气节了。真不敢想象,未来命赴黄泉的一天,又将如何面对祖宗。

极目四眺,兰花又开始了每天必做的另一个课程——寻觅映山红的身影。一直以来,这寻觅费尽心机,无休无止,可失望之痛不亚于丧失兄弟姐妹之痛。映山红,那可是经年累月相处默契和友好的邻居呀,一香一艳,一清一媚,一低一高,同样遍布山野,不惧丛林荆棘蛇虫诸般阻碍,风姿卓越,为山川增色,为大地添彩。

寻觅注定是失败的,映山红遭受的是同样的劫难。相对于兰花的幸运,映山红根本就无法躲避。除非不开花,不开花的映山红还叫映山红吗?

兰花在给自己算命,如果能够逃过来自人的灾难的话,自己还能活多少年。自己就算能终老还土了,可这一脉香火又有谁来延续和继承呢? 这莽莽苍苍的偌大山野,自己是唯一的一株呀,寂寞地生存。

黑夜吞没了世界,包括兰花。短暂的安全,苟延残喘地活着,真地是苟且偷生了。

寂寞的绿

这是一家新开的公司。

雄心勃勃的年轻老板,新建成的豪华气派的办公楼,除了高管和中层管理人员各有独立的办公室以外,还设有一个很大的办公大厅,分成几个区域,一个部门一块,都摆上了办公桌椅。一眼望去,绝对是大公司的气派和声势。

由于公司刚刚成立,一下子招进了不少员工。可进来的快,走得也快,说不清什么原因,真正能稳定下来的很少。于是,几乎整天都有人员在面试。人员不稳定,工作的开展难免不如人意,刚开好的头,因为某一关键性岗位的员工或管理人员的离职,就又得重新来过。

老板发火了,骂高管,骂中层,甚至骂身边的秘书和驾驶员。有的,骂着骂着,就又走人了;有的,见到老板就躲,像老鼠见猫;有的,就找上一大堆理由来搪塞,企图蒙混过关。

老板自有老板的办法,拿出比同行业兄弟企业高出一个层次的整体薪资,并把人才招聘的合作放到猎头公司,并大做招聘广告。一时间,应聘者呈现井喷之势,汹涌而至。小韩就是在这种情况下进来的,岗位是总裁办主任,全权负责行政及人事。建章立制,规范流程,明确岗位职责,细化职能分工,一系列工作全面推开。时间不长,局面总算略有好转。尤其是办公室这块,随着小赵、小雷和小田的加盟,各司其职,各负其责,所有工作井井有条,忙而不乱。

或许是时运不济,也可能因为老板是个外行,公司的业务一直没能很好地开展起来,半死不活的样。上,上不去;转行,又不甘心;人人头上都笼罩着阴影,氛围很是压抑。活泼可爱的小赵,是个乐天派,把早上喝牛奶的瓶给洗涮干净,装上清水,从办公室的绿植盆栽大棵绿萝上剪下小小的一枝,插在里面,放在了办公桌上。没事的时候,对着小小的绿挤眉弄眼,自得其乐。

偌大的办公室,一大片的办公桌,就一张桌子上有一茎绿的存在,格外醒目。走来走去的老板皱上了眉头,又不便发作。小赵是负责接待工作的,迎来送往,参与应酬,上班时间可能没事,下班后反而忙得一塌糊涂。别人吃饭是享受,在她却是工作,眼观六路,耳听八方。稍有懈怠,即是差错,甚至后果严重。

可能是年龄的原因,不够成熟和老练,总跟不上老板的思维。一次两次三次屡次,老板无法再容忍,时时流露出不满意,还暗示小韩将小赵给炒了。小赵很聪慧,主动地提出了辞职。小赵走了,自己的物品全带走了,办公桌一下子空空如也,唯有清冷。但却不孤寂,那枝小小的绿萝还在,柔柔弱弱却顽强地,寂寞的绿着,不因主人的离去而黯然谢幕。

保洁要将绿萝扔掉,小韩阻止了。再没人去动它,任其寂寞的绿。又一个员工走了,这回是小韩刻意地在她用过的办公桌上放置了一枝绿萝,从此,每走一个员工,小韩就依此类推。如果是一张办公桌上重复地走人,那就是两枝或三枝。通迅录一个月能换几次,绿萝也会增加几株。

小韩也走了,但一个约定俗成的"工作"交接了下来,谁当主任,就接过这个重任。每走一个员工,就在桌子上放一株绿色的绿萝。在位的人,可以养花,但不会是一株小小的绿。

一天，老板走过略显空荡的办公大厅，一眼望见那么多的绿星星点点地遍布，站住了脚。想说什么，又什么都没说。秘书过来了，问主任，那些绿是怎么回事。主任想了想，还是说出了实话。

奇怪的是，接下来的人员招聘逐渐稀少了，因为，很少再有员工被炒或主动辞退的现象。人事的工作重点转向了业务技能和企业文化的培训，人人都在忙碌，笑声多了起来，在那些绿间弥漫和缭绕。

那些失去了主人的绿，本是寂寞的，但不再寂寞了。

寂寞的门

门，已经好多天没开了。究竟是多少天，梅奶奶早已不再关注。

好笑的是，那一天，有个小偷可能是发现了门把手上塞了太多的广告宣传单，以为家中没人，就掏出万能钥匙似的东西来开锁，可开了半天，都没打开。然后又撬，还是没反应，咕哝了一句：连门都生锈了，还能有啥东西。就拍拍屁股走人了。

梅奶奶想回一句，还有我老婆子在呢，怎么能叫没东西？可只在心里说说了，这已经是梅奶奶的习惯。有话，只在心里说。梅奶奶为自己很多天前的明智之举而得意，一个电话，采购了一大堆生活用品，送货上门，吃的喝的都有。凭自己的消耗量，应付着半年没问题了。已经是行将就木的人，一杯水都能活三天，再吃就浪费了。节约点资源，也是为社会做贡献吧，哈哈！

不知道从什么时候起,梅奶奶的心态特别地好,不时有幽默的思路和语句萌发。当然,只有自己能够体会。当年的自己可不是如此,相反,对于老伴的幽默总是不能领会,不欢而散的场面也经常出现,能气得老伴摔门而去。

一次,老伴兴冲冲地拿着刚领取的老年证进门,向梅奶奶宣布:你看看,幸福的大幕已经拉开,国家给予的免费待遇呀。逛公园,坐公交,一天玩到晚都行。梅奶奶眼一撇,回敬道,国家怎么不给你配个儿子? 跌倒了好有人扶你呀。老伴脸一黑,坐那生了半天气,忍不住,还是摔门而去了。

一想到儿子,梅奶奶的心里就堵得慌。就一个儿子,见义勇为,被歹徒杀害。荣誉倒是得了一大堆,头几年,来看望,来慰问,来帮忙做这做那的人也不少。那门,络绎不绝地有人进出,不需要关。可慢慢地,儿媳改嫁,连孙女都带走了,从偶尔登门到失去联系,就只剩下两个老人孤独相对了。那茬子事,谁都忘了,除了梅奶奶自己。

梅奶奶哭过,怨过,恨过,骂过,还曾想找有关部门讨个说法。可老伴不让,说谁家都是一个孩子,就是孩子在,也得为了生活忙自己的事,根本没功夫一年到头陪着你。你看看左邻右舍的,哪家不跟我们一样? 如今是老年社会了,年轻人少,老年人多呀。孩子们照顾不过来的。梅奶奶时常和老伴到外面散步,也的确,难得看到有年轻人陪着的老年人。渐渐的,那气便消了。

有一段时间,梅奶奶时常听到有敲门声,让老伴开门。老伴不理,说梅奶奶神经过敏。梅奶奶便自己去开,门外空空如也,连只猫也没有。梅奶奶还是经常听到敲门声, 还有小孙女可爱的笑。孙女最喜欢与奶奶玩藏猫猫的游戏,一个门里,一个门外,逮到了就笑得打滚,在奶奶怀里滚。

都是很久远的事了，睁眼看不到，闭眼却就在眼前。还有就是在梦里，一扇好大好大的门，黑漆漆的颜色，特别沉重，使再大的劲也纹丝不动。能听见那边的欢声笑语，但就是打不开。极少的几次，好不容易有了条缝，那边又什么都没了，连欢声笑语都没了，比心里还空。

最近的一次人来人往，梅奶奶印象特别深刻。那是老伴突发脑溢血，打通 120 电话，等人到时，已经迟了。医院、邻居、社区还有殡仪馆的人都来了，一阵风似的，眨眼就没了。那门又关上了，还把老伴关在了门外，再也不回来。

梅奶奶在等。她知道，医院、邻居、社区还有殡仪馆的人还会来的，等自己的那口气断了时候，肯定会来。到那时，那门就又要打开了。噢！差点忘了，那门还能打开吗？连小偷费了好大功夫都没凑效呀。

梅奶奶一点点地挪，往门边挪。她要开门，开好久好久没再打开的门。

等人们发现梅奶奶的时候，已是难闻的尸臭透过门，弥漫在楼道里的时候。那门的确如梅奶奶所想象的，终于再一次打开了，进进出出，人来人往，一阵风似的，可眨眼就没了……

寂寞的娘

该下种了！

望奶倚靠在动一下就吱呀作响的小竹椅上，小竹椅倚靠在有些变形的门框上，那扇分不清什么颜色的漏风的门，即使是冬天，也不会关上。在望奶的视线和小路尽头之间，是成阶梯状的大小不一的稻田，每一块田里，望奶都能说出几件与自己有关的事。最清楚的，是分田到户后，分到自家的那几块。这条老命，可多亏了它们呀。

该下种了，再迟，就过了节气。可望奶只能动动心思了，连那稻田里的荒草也动不了分毫。不只是望奶，全村都没几个人再碰。几个留守的老弱病残，把孙子辈带好，把家看好，就算不错了。在外打工的儿女寄回来的钱，足够吃喝穿用，也省了那份心。

望奶没人寄，这是望奶深藏在内心的秘密。不是儿子不寄，而是望奶不让儿子寄。望奶只到儿子那去过一次，仅仅一次，便再也不去了。那是媳妇生二宝前夕，儿子特意回来把望奶给接了过去。转了四次车，花了一天一夜的时间，望奶吐得人都站不起来。

到了才知道，儿子平时在信上说的全是谎话。一间屋，用帘子分成两下，一间是卧室，一间是厨房。床、柜子、桌子都是旧货市场买的，要不是一台旧彩电充充门面，跟工地上的民工没什么两样。望奶的泪水一下子就满了脸。晚上，望奶坚持在地上打了地铺，不去住旅馆，直到宝宝出世，伺候了母子俩近三个月才离开。

儿呀，苦了你了。几年兵当下来，落了个残疾，倒是安排了工作，可人到中年，厂子破产，失了业。没有一技之长，也没了年轻时的力气，不知道跑了多少地方，换了多少工作，只能求得一家三口的温饱。这第二个孩子又出世了，日子该怎么过呢？

望奶临走时，对儿子说，儿，跟娘一起回家吧。农活也是人干的，山沟沟里照样有吃有喝。儿子打死都不愿。无奈之下，望奶把孙女带回了家,好歹为他们减轻点负担。直到上了初中,才恋恋不舍地被儿子接去。

如果不是老头子去世得早,如果儿子能多读几年书,如果儿子没当兵,如果我这做娘的多些能耐,儿子又怎么会这么苦?望奶想到了无数个如果,可只能是如果。

望奶扶着门框,颤微微站起来,满是老年斑的枯瘦的手,摸索着抓到拐杖,迈出门。在地上戳一下,站一会,迈上两步,再戳一下,站一会。四下里好静,全让深秋的风给吹走了似的,连小鸟都没了踪影。

望奶站到荒草蔓延的菜地前。早先,这里是红艳似火的一片辣椒,能摘上满满的一筐。儿子最喜欢吃辣椒酱,从小就是。雪白的米饭拌得通红地吃,肚子吃得溜圆了还舍不得放碗。每次儿子回来,望奶都会准备上几罐给他带上。能够让他带的,也只有这辣椒酱。现在家里的坛坛罐罐都已经装满了,几年前就装满了,可儿子一直不曾回来。以前,还有也在那个城市务工的同乡给捎过去,现在都不回来了,甚至把家搬了去。

望奶一直在盼,但从不催。耽误一天时间,就是一天的收入,儿子耽误不起呀。快进土的人了,有什么好看的?只要他们的日子慢慢好起来,死也瞑目了。

望奶让识字的五爷连写了几封信,才盼来了儿子的信。儿子在信里说,媳妇肚子里长了个瘤,做了两次手术了,还没好。怕娘惦记,一直没敢说。望奶听五爷念完信,不相信地接连追问,是真的吗?儿咋就那么苦呢?泪水已经啪嗒啪嗒地直往地上掉。

秋冬之间的山乡,夜风格外寒。已是夜半时分,一轮冷月高挂,望奶咯吱一声开了门,拄着拐杖晃晃悠悠地出来。清冷的月光下,只见望奶在场地上站定身形,一松手,拐杖倒了。突然,望奶扑通跪在了地上，双手合十，随着上身的起伏，几番匍匐在地，头磕得砰砰响。口中还念念有词：

月亮菩萨，你大慈大悲，饶过我儿媳妇吧。她还年轻，孩子又小，死不得呀。要不你就把我收了，一命抵一命，下辈子做牛做马感你的恩德。我娃实在是太苦了，你就别再折磨他了。

寂静的山乡，只听见望奶砰砰的磕头声，寂寞地响。月，躲进了云层……

寂寞的牛

该死的雾霾！

气管炎又犯了，不但嗓子痛，喘不上气，胸闷，还咳嗽，苦不堪言。门是肯定不能出的，戴着口罩也不顶事。躲在家里，门窗紧闭着，不透风。空调开着，更难受。总之，是什么办法都想尽了，就是不得安生。

老伴说："打个电话给儿子吧，看他有没有什么办法。"我眉头一皱，深喘一口气，用力地说："指望他有个屁用。不，不要我们烦神，就不错了。"话说完，又是一通大喘息。老伴知趣地走到一边，不再多话。

有段时间没联系的侄子打电话来，说是又开了家连锁酒店，让哪天过去吃饭。还是侄子懂事，当初来城里打工，也就稍微照应了一下，还念着那份情，隔三差五地送东西，请吃饭。老伴苦着脸，说了我的情况。侄子说，到老家去过段时间呀，保管去了就好。对呀！我怎么就没想起来呢？土生土长的地方，山清水秀，那空气都有一股甜味。可住哪呢？侄子说，我搬来城里后，老家的房子一直空着，要是不嫌弃，随便住到什么时候。

下午，侄子就开车来了，三下五除二，我们就启程了。山，还是那山；水，还是那水；远离城市的缘故，变化不大，不同的是一幢幢小洋楼隐约在绿荫中间。一眼看去，说不出的舒畅。应该有十多年没回了吧？求学，扎根城市，安家落户，先前还偶尔探望一回父母，父母去世后，家乡成故乡了。

别说，随着青山绿水越来越近，胸闷的感觉好多了，呼吸也畅快了许多。老伴见我心平气和下来，脸上也有了喜色，一个劲地感谢侄子。

远远地，能看见熟悉的山水了，我的心里有一种莫名的兴奋。这人老啦，再无牵挂，可对生我养我的土地总是别有一番滋味在心头呀。拐入村村通的水泥路了，不宽，但平整，两边是郁郁葱葱的树木，间杂一些野花和鸟的鸣叫，紧傍路的是儿时摸鱼捉虾的小河，我闻到一股久违的温馨，甜甜的，湿润心底。

"哞——"正对着村庄的一片稻田里，一只老牛站在中间，朝着我们高昂起头，欢快地叫了一声。呵呵！它在欢迎我们呢。忙？你明明站在那闲着呢。我笑了，脑海里一下子涌现出许多小时候和牛有关的事来。

父亲犁田，我非要骑在牛背上一起往前走，父亲不让，我就哭，结果挨了父亲一鞭子。那是父亲第一次打我。牛病了，可田又急等着要犁，父亲坚决不让病牛下地，最后以人工到邻队换来了牛。父亲日夜看护着牛，我也陪着，和父亲一起躺在牛棚里睡着了等等，仿佛就在昨天发生的似的。

我问侄子："现在还用牛犁田吗？"侄子说："庄子里的人都快

没有了,还犁什么田,田早就荒着了。"可这牛?我想问,又没说出口。他常年在外,也未必知道的。

到了,崭新的三层小楼,比城里的别墅还漂亮,一把锁锁着。打开门,除了灰尘,其它什么都有都在。我四处转悠着看,连声说:"可惜了!这么好的房子,就这样废弃了?"侄子哈哈一笑,说:"等老了回来住住呗。庄里的人都出去了,现在只剩老杨家的八十多岁的老两口在家,打死不愿走。你们就相互照应一下吧。有什么需要,随时打电话给我。"

一安顿好,我来到村庄另一头的老杨家。从庄子里走过,一片冷寂,一幢幢漂亮的楼房被杂草拥抱着,被一把锁捆绑着,没有丝毫人的气息。看不到鸡鸭鹅的身影,也听不到狗的吠叫,时光好像在这里停滞了,我的脚步打破了这停滞。

老夫妻俩见到我来,特别高兴,话止不住地往外冒。我们就坐在门口,前面是荒草掩映的稻田,还有那只悠闲迈步的老牛。牛偶尔不失时机地插上一句,它也有好多的话憋着,急不可奈了。

"这牛是你们的?"

"是过世的老李头的。快三年了,曾有外庄的人来牵,就是牵不走。老李头在时,两个一天到晚在田里转,老李头走了,就只剩下它了。老李头临死前叮嘱过儿子,绝对不能杀,也不要去管它。"

话很沉重,有浑浊的老泪沿着沟沟壑壑往下淌。老婆子说:"哪都不去,白天晚上都在田里。迟早,就死在那田里了。"

我们都沉默了,只看着那牛。偶尔地,老牛也抬眼看一下我们。它是在坚守什么呢?此时此刻,我好想它能说话,哪怕只有一句!

寂寞的旗

老鹳岭有多高,没人知道,反正站在岭头上往下看,周边云雾缥缈,只有这老鹳岭像浮出水面的小岛。难怪老辈人自豪地说,别小瞧了,我们可是生活在天上的神仙。哈哈!

开心归开心,这大山里的生活确是非同一般的清苦。粮食和蔬菜好说,自己种,不多的水稻,还有麦子、玉米、山芋等,肚子不会饿着。房屋容易,石头泥巴和树木到处都是,能自己盖。但油盐酱醋和穿着的布料等生活必需品,是必须到山下买的。天黑出门,天黑进家已是第二天的事了。靠一双健步如飞的脚,毫不停留,中间一晚歇在半山腰的人家。能够下山一趟,自然不是谁都能胜任的事。

张老师是下山最多的人,而且是用他一跛一拐的腿。每次回来,张老师都会背回大大的一包,有时是一担挑。远远地,只要望见一面小红旗在迎风抖动,孩子就欢呼着迎上去,张老师想不放手都不行了。看着背包或者是扁担上的那面小小的国旗辉映着孩子们的笑脸,张老师便笑了,浸透汗水的笑。

一到学校,其实也就是张老师的家,三间土屋的家,孩子们迫不及待地打开背包,看个稀奇。有最喜爱的书,有必不可少的笔和纸,还有生活用品。生活用品不只是张老师自己用,更多是转卖,进价多少,卖价还是多少。没钱可以赊着,随便什么时候还。

　　每年春节前夕,张老师还会买回一面鲜红的国旗,就在乡亲们贴对联的时间,把屋前旗杆上已经泛白的国旗给换下。每当那时候,不用喊,孩子们全来了,和张老师一起唱着国歌,庄严地仰视和敬礼。旗杆是竹子做的,从山上砍来的最高的竹子,张老师自己做的线轴,由本学期学习成绩最好的同学拉动绳子。

　　老鹤岭本没有学校的。曾经设立过,在一所破损的老庙。十来户人家,不到十个孩子。老师来一个,走一个,然后是老长时间没有了老师。再然后安排到半山腰的一个小学,太远,必须有大人接送或者干脆住校才行。渐渐地,就没孩子再上了。

　　知道老鹤岭名字的由来吗? 鹤,也就是鹰,飞得极高,这是只有它才能生存的地方。可不知从哪年哪月起,这十来户人家就扎根在此,过起了"天上的神仙"般的生活。张老师是从这走出去的,几年后回来,腿便跛了。跛着腿的张老师,一家家地游说,让孩子们到自己家,由自己给他们上课,学文化。

　　不收学费,也不收书本费,政府既没认可也没否决,就一直办了下来。学生最多时,不超过十个;最少时,只有一个,照样教,风雨无阻。每天早上走进院门的第一件事,就是向国旗敬礼,晚上放学也是。早读课下课,是集体面对国旗庄严肃立,唱国歌。张老师自己也是如此。

　　山乡终于通上电后,张老师是最兴奋的人,高兴得一蹦三尺高。天天追着老婆屁股后面,腆着脸,苦苦地求。小孩子们偷偷地笑,张老师转过脸,吐一下舌头,说一声:去。又故伎重演了。当张老师背着一台旧的小黑白电视机回来的时候,同学们终于明白了原因。

　　好了,每天晚上学校成了礼堂,差不多全村的人都来了。先是新闻联播,然后是其它。孩子们也可以来,但一到八点就必须离开。有时候,大白天的,张老师也突然让孩子们看电视,重大的新闻或是知识性节目,有时竟然是打仗的电影或电视剧。这太意外了,孩子们兴奋不已。

每当看到解放军战士呐喊着冲上敌人阵地,把红旗插上高地的画面,张老师就会泪水盈眶地突然站立起来,笔直地,向电视机敬礼。孩子们很好奇,也模仿着做。那一刻,跟升国旗时一样庄重。

好几天了,张老师望着高高飘扬的国旗皱着眉头。张老师又动手了,从家里到旗杆,挖出一条沟,埋上电线,再顺旗杆而上。原来,张老师是要在旗杆顶上装一个电灯。开关一拉,亮了! 一高兴,手一松,人砰地掉了下来,人事不知。

病床上的张老师好不容易醒过来,问:晚,晚上,能,能看到国旗吗?

当映照着国旗的电灯光亮融入满天的星星时, 身穿发旧军装的张老师躺在地上的灵床上,仰首在望,无声地望,满脸的欣慰和笑!

寂寞的钱

我是钱,在中国,我又叫人民币,虽然大多数时候并不属于人民,但已经无关紧要。

我喜欢热闹,哪里热闹,我就去哪里,有了我,热闹才会加倍和翻番,才会更热闹。因为有了我,才有了繁荣昌盛、灯红酒绿、享受生活等说法。人们号称，有了我，就有了一切。事实也的确如此。你看那街边要饭的乞丐，一旦有了我，美食、华服、豪车、美女、华厦全都涌向他，绝对的天壤之别。也因此，对我的追逐和痴迷是当下人们最热衷于做的事，甚至宁愿把亲情、爱情、良心、道德、廉耻等等抛到脑后。

可我也有憋屈的时候，比如现在。

那是一个月黑风高的夜晚，一个小官把我塞进一条香烟里，鬼鬼祟祟地溜进了我现在的主人的家，装作无意地丢在了桌子上。他前脚一走，主人就迫不及待老练地拆开，把我平整好，关进了卧室的床底。我怎么也没想到，那就是我安家落户的地方了，而且是长久地生了根般的驻扎。

其实在我之前，已经有一些兄弟姐妹在安息着了。他们说，主人非常谨慎，连卧室的窗帘都没拉开过，他害怕我们曝光。如果曝光，就是他官场生涯的终结，甚至是人生之路的终止。他曾思考过，以另外的方式来安顿我们，可报纸网络上太多的露馅新闻让他断了一个又一个念头，最终，他认为最稳妥安全的方式就是我们所在的床底。

不见天光的日子，不知道岁月几何，光阴几许。我知道国家为什么而三地投放货币了，就是因为主人这样的人太多，市场上无钱流通，不得不增发救急。老百姓们没钱可花，可能也是这个原因。

我开始上霉了，浑身像生了癞疮一样，长毛，长斑，奇痒难奈。被死死捆缚的手脚，连抓痒都做不到，始终无法通畅的呼吸，更是憋闷异常。人啊，你造就了我，就是让我受这样的罪吗？这不是我的风范呀。

接二连三地，又有新伙伴加入进来。那是我们最幸福的时刻,可以趁机会透一口气,目睹一下主人的风采,也算是与外部世界的亲近。其它的我没在意,主人那一双眼睛在接触我们的一瞬间,发出蓝幽幽的光来,像极了饿狼,令我印象非常深刻。

新伙伴会带来新鲜或不新鲜的故事。有的像老鼠一样藏身过天花板的,有的像贼一样躲在墙壁中的,有的埋身于花盆里的,有的深埋在树根地下的;有的在麻将桌上你推我让换主人的,有的借助于小小的卡片巧妙换位的,有的身裹它物暗渡陈仓的,有的变身古董字画登堂入室的,有的巧立名目抵达终点的;有为求财而来,有为升迁而来,有为工程承包,有为占用资源,有为乌纱盖顶;不一而足,花样百出,比舞台上精彩多多。

最让我感动的,是一个古稀老人,冤屈了几十年,为求平反昭雪,怀揣鸡屁眼里抠出来的一千块钱,以求主人做主。钱是收了,那冤伸张了没有?

主人有失眠症,但睡在这张床上的时候,呼噜如山,一夜到亮。痛苦死我们了,坐牢也不安心安宁。

可恨的是,收钱之日,就是主人和老婆亲热之时,亢奋的程度,令老婆深感意外和感动。更多时候,是主人与各种各样女人在床上表演。做人真好哇,钱为什么就不分性别呢?恨不能以死换一夕之欢,此生也值了。

经常有搞笑的情节,会让我们忍俊不禁。面对不同女人要求买这买那的愿望,主人总信誓旦旦说,没问题,但现在手头紧,过段时间再说。我的爷呀,你也太会演戏了,你床底下的我们是要多少有多少,紧你个大头鬼。

唉!这样的日子会是多久?这真的是生不如死啊,枉为钱生。如果上天能给我一次自我选择的机会,我别无它求,唯愿走出床底,到阳光下当一回能见天日的钱!

寂寞的枪

将军终于还乡了，尽管低调到了极点，还是引起了轰动。轻车简从的将军，刚刚抵达既熟悉又陌生的村庄，地方党政军一班头头脑脑早已恭候多时，热情之高，完全忘记了将军此次回乡的主题：

奔丧！

只有将军自己明白，当年的乞讨少年走出了山乡之后，为什么不再回来。身在京城，位高权重，凡家乡来人，不论任何事由，无不热情有加，但一提起回乡，总是以无数个理由一推了之。那片乡土，烙进记忆深处的，除了落魄、乞讨和欺凌，还有什么？要不是老母亲顽固坚守祖居之地，不然这奔丧之行也可以免了。

"扑通"一声，将军跪在了母亲灵柩前，胖大的身躯因为压抑的哭泣而抖动不止。周围的人齐刷刷地看着，没人敢靠近一步。好久，已经白发鬓鬓陪伴老人终老的堂妹缓步上前，将手里的一个黑布包裹郑重交到将军手上，说："老太太活了九十八岁，是个有福之人了，走得也很安心。这是她生前一再叮嘱我务必要交给你的，说是你的宝贝。"

宝贝？将军一脸的狐疑，母亲手里还能有什么宝贝？欲拆开，又停了手，好久，颤悠悠站起来，缓步亲自放到车里。

直到把母亲下地安葬，将军才松了口气。地方政府的一再邀约，一概拒绝，立即登车返程。

坐上车的一刻,屁股被什么东西硌了一下,伸手一摸,才想起是堂妹交给自己的"宝贝"。打开黑布,里面是小时候自己经常看到的,母亲用来收藏值钱东西的梳妆盒,上面有一把古式的小铜锁。据说是母亲当初的嫁妆。钥匙就插在一侧,打开铜锁,掀起盒盖,又是一层层的包裹,当"宝贝"露出真容时,将军的脸上没有任何表情,只是直直地盯着,盯着。

那是一把手枪,木头制的用木炭涂成黑色的假驳壳枪。做工很粗糙,就造型来说,甚至与真正的手枪都有些差异。对于从士兵开始,身经百战,直至成为肩扛金星的将军来说,所有的枪都不陌生,甚至可以说是烂熟于心运用自如。可这一把枪,似乎已经被遗忘在角落了,他在回想,回想与它有关的点点滴滴。

将军还没出世的时候,当国民党伪军的父亲死在了战场上。将军没有名字,母亲只是叫他娃。先是解放,然后是抗美援朝,娃对当兵的,其实是对枪,有着无比的热爱和向往。根据依稀的印象和想象,自己动手,锯,砍,削,造了把手枪。觉得不够像,又用木炭涂成了黑色,还系上了一块脏兮兮的红布,手一挥,嘴里喊着"冲啊!"浑身都是劲。一天到晚插在腰里,神气活现。

没谁瞧得起娃,都叫他坏蛋。更可怜的是母亲,再辛苦,也挣不了糊嘴的粮食,只好带着娃到处要饭。白眼,欺辱,打骂,什么都受过。娃恨,恨自己没有一把真正的枪。木头枪拿在手上,只敢面对着别人的背影,从嘴里吐出"啪啪"开枪的声音。

民兵是有枪的,还打靶训练,娃很眼馋。跟在背枪的民兵后面,哪怕是摸上一把,比吃饱了饭还开心。一天,民兵中午休息,把枪架在一起。娃偷偷溜过去,刚把一支枪端到手上,就被发现了。由于是伪军的后代,一下子上纲上线起来,说娃是图谋不轨。吊起来,往死里打,罚娃招认是谁主使的。母亲跪在地上,头磕得稀烂都没用。

晚上,趁着看护的人打盹的功夫,母亲救下了娃。娃逃了,从此离开了山乡,也从此不再回来。娃从穿上军装那刻起,对枪痴迷到了极点,恨不得睡觉都抱着枪。任何枪到了手里,三下五除二就能熟练操作,枪法更是神了,还赢得了枪神的美誉。也可能是有这方面的特长之故吧,娃屡建奇功,一路升迁,直至成为一名威武的将军。

啪答,啪答。将军流泪了,一滴一滴眼泪沉重地砸在手里的木枪上。这是开车的警卫员从没见过的,要知道,将军可是连笑容都罕见呀。

"停车!"将军突然命令。警卫员莫名其妙地一个急刹车,要在以往,非遭一番痛骂不可。稍停,将军又命令道:"到坟墓上去!"

下车,捧着包裹,来到母亲坟墓前。将军跪下来,用手挖了个坑,把装有木枪的包裹郑重地埋了进去。起身,庄重地敬礼,然后回身,上车,急驰而去。

寂寞的墙

四面的山,像一只手掌窝起来,一条小道如脐带一般与外界相连。村子,就是这摇篮里的宝宝,安宁,平静,祥和。快过年了,雷爷却犯了愁。

说起雷爷,在这方圆几十里可是个响当当的人物。当过兵,又是几十年民兵营长,为人正直,善恶分明,做事公道,谁都敬他三分。八十开外的人了,须发皆白,但身板挺直硬朗,一根拐棍在手,像当年的枪,更像是语言的辅助工具。除了一嘴牙齿宣告下岗以外,其它一切正常。

每年大年初一上午,全村的男人和孩子们都会倾巢出动,从下湾开始,一直往上湾挨家拜年已成为习俗。一声新年好,一杯茶,一支烟,再往孩子手里塞上瓜子花生糖果,平时的鸡毛蒜皮都在哈哈一笑中烟消云散。雷爷是毫无疑问的领头人。

不记得从哪年开始,品评年画成了一项主要内容。堂屋上方挂中堂画的位置最为关键,谁家的大气有内涵,谁家的俗气,雷爷的话最具权威性,也最受期待。当然,绝大多数人家几十年一成不变的,是毛主席像,但每年必须换上新的,谁家的画像大,色彩鲜艳,伟岸,有气势,脖子仰得都高些就是胜者。雷爷家是经常性的夺冠者。

渐渐地,中堂画开始五花八门了。有贴领袖群像的,有写"天地君亲师"的,有贴松鹤延年的,有贴孔雀牡丹富贵的,更有贴老寿星或福禄寿喜的。贴什么的都有,雷爷看得认真,也很严肃,很少说话,除非看到毛主席像或者领袖像,才有一丝笑容绽放。说一声:好!

有几年,雷爷自己掏钱买来一大叠毛主席像,挨家挨户发。可大年初一一看,真正贴的人家不多。有说年轻人不喜欢,有说不时新了,得换换口味。雷爷闷着脸,掉头就走。

雷爷刚上了一趟街,可找遍了全街,就是买不到毛主席像,连新华书店里都没有。这可咋办呢? 找儿子去!

雷爷本来应该在儿子家生活的。三个儿子,一个是乡政府干部,一个做生意,还有一个是教师,都混得像那么个回事。在一个屋檐下生活的时候,什么都是雷爷说了算。最明显的例子,就是过年时的中堂画,每年必贴毛主席像。雷爷说,没有毛主席,就没有新中国,更没有现在的幸福生活。我就信他老人家!

有一年春节,做生意的儿子买来一座财神爷瓷像放在了堂屋案桌上,前面还摆上了香炉。雷爷一巴掌扫过去,摔得粉碎。那一个新年,全家人都不敢轻举妄动。也就是那一年,做生意的儿子盖起了自己的新房,另起炉灶了。然后紧接着是另外两个儿子。

儿子们孝顺,都要雷爷跟自己过。可雷爷总觉得不自在,一概拒绝了。老夫妻俩单过,守着陈旧的老屋,连过年都是。儿子媳妇平时也不在家,连他们的家门也很少踏进一步。

为中堂画的事,雷爷上儿子家门了。可一去就上了火。做生意的儿子家中堂画是财神像,当干部的儿子家是观音菩萨,当教师的儿子家稍文雅些,是松竹梅兰四君子,跟雷爷全不在一个调。雷爷冷着脸问起,哪里能买到毛主席像,他儿子们不是摇头不知,就是小声嘀咕道,哪有现在还贴那玩意的。气得雷爷掉身就走。

回到家,雷爷对着旧毛主席像发呆,拐杖撑着几成弯弓的身子,一站就是半天。雷爷唉声叹气上了,老伴莫名其妙,问上一百遍也问不出答案。

大年三十,正是贴对联年画的时候了。雷爷从教师儿子门口过,侧面一瞥,一下子脸红脖子粗,气都喘不过来。堂屋上方竟然贴着一张大大的女人像,很少的衣服裹在身上,两条雪白的大腿叉开,比电视上的还妖,还撩人。雷爷冲进去,用手里的拐棍给捣成了稀巴烂。

雷爷又跑到另外两个儿子家,一家是大大的十字架上绑着个外国老头,一家是美元人民币和金元宝堆成山,雷爷同样是捣成了稀巴烂,然后恨恨地回了自己的家。

雷爷病了,病得很重,儿子们把医生请来了,也看不出个名堂。只是说,多调理,千万别让他动气上火。儿子们相互看看,默默地,一个个都退了。

雷爷把大门关了,不到别人家拜年,也不让人上门来拜年。一张躺椅放在堂屋,面对着正上方空白的中堂位置静静地躺着,拐棍靠在旁边,白天是,晚上也是。老伴说他是精神出问题了。雷爷只是呆呆地瞅,瞅原先贴毛主席像,现在是空白的位置,伸手在他眼前晃晃,眼皮都不眨。

半年左右光景,雷爷去了,无声无息。眼睛大睁,目光直视堂屋正上方空白的墙……

寂寞的群众

一个又一个文件下来,都是围绕着群众路线教育实践活动,这不得不引起雷局长的高度重视了。本以为只是一阵风,走形式,但现在看来,从上到下,是要认真着实动真格了。

不行! 我局一定不能落后。

为群众办实事,解危济困;召开群众大会,把领导干部是否称职合格交由人民群众来投票定音等等,在脑海里转了一圈又一圈。雷局长一个电话给办公室,立即召开局党委会,研究布置。

几个文件宣读完毕,雷局长让大家发言,就如何开展实践活动集思广益。有的说,群众的素质是得提高,动不动就找领导的问题和麻烦;有的说,以后也经常给群众开开会,要将学习正常化;有的说,要着重提升群众的文化品味和修养,不能连 XO 和拉菲都分不清。

雷局长的手指在桌子上重重地敲了几下,打断了发言。我们现在要做的是:为群众办实事,为群众解决实际问题。最重要的是,我们的官帽子能否戴得稳戴得久,要让群众来定夺。

这一句话说出来,全场掉到冰窟窿里,鸦雀无声了。

雷局长问办公室主任:把我局的群众名单报给我。主任小声回答道:就保洁兼保安老牛。所有人都听见了,你看看我,我看看你,不敢相信。雷局长眉头一皱,说:怎么会呢?就一个人?主任狠狠地点了点头,肯定地说:就一个人!去年是两个,保安老石到了退休年龄,上半年办的退休手续。正赶上上级要求精减人员,就把保安工作一道交给保洁老牛了。其余最起码是副股级干部,比如小车班的司机们。

散会,雷局长让主任把老牛叫过来。老牛刚进门,雷局长像菩萨似地露出了笑脸,亲自倒茶,拿烟,紧挨着一起坐在沙发上,肥胖的胳膊搭上了老牛的肩膀,吓得老牛浑身直抖索,不知怎么回事。

家里几口人,都在干什么,生活怎么样。雷局长把能想到的,都问了一遍。当听说老牛每天要骑一个小时的自行车从城东到城西来上班,晚上再骑回去时,啪地一拍沙发,说:这怎么行?太辛苦,要是路上出了什么事怎么办?这样吧,以后每天上下班,我的专车接送你。老牛不相信自己的耳朵,雷局长肥厚的大手一把握紧自己粗糙的老手,要送客了都还没反应过来。

接着是局党委书记、常务副局长、纪检书记、副局长等等,局领导班子分别一个个找老牛谈了话。分别解决了工资过低、工作任务太重、房子狭小等问题。为避免混乱，局党委会再次召开，统一意见如下：

辟出一间空屋，专门设立群众工作办公室，让老牛办公使用。原办公室股级秘书兼任该办公室助理，打理所有事务。老牛所承担的工作任务，分解到每一个人，局长也不例外，以后局长办公室卫生由本人亲自完成。局领导班子车辆进行合并，专门拨出一辆，由老牛专用。拨出专款，为老牛在皇家花园小区购买一百平米住宅一套，作为福利发放。工资待遇与副科级干部平齐。等等。直到大家一致认为，再没有什么可以解决的了为止。

最重要的一项工作即将开始，召开群众大会，让群众给领导干部当场投票测评。之所以重要，不只是事关领导们的帽子，而且必须在上级主管部门来人亲自监督之下进行。

办公室主任建议，群众太少，场面上不好看，是不是聘请几个临时工。雷局长大为光火，临时工坏事的还少吗？有多少单位和部门的名声不是败坏在临时工身上？我们绝不可以重蹈覆辙。至于座位问题，完全可以打破常规么，让群众坐在主席台上，领导干部们坐在台下，这也是我们作为人民公仆的最好体现呀。

按照雷局长的思路，一切布置完毕。全局领导干部早早在台下就坐，主席台还是一直空着。雷局长皱着眉头，问主任：老牛呢？还没接来吗？主任的手机拨了一次又一次，已经满头汗水，老牛的手机就是没人接，好不容易打通了老牛的专职司机电话，一句话说出来，呆了。

老牛心脏病突发，刚送到医院，已经不治身亡！

寂寞的书

"儿子呢？"

妻一声断喝，才把子墨从书里拉回来。一楞，一惊，一回头，傻了，刚才不是一直跟着的吗？连忙掉头，下楼，出过道，院子里空空荡荡，冲上马路，发现两岁的儿子正趴在地上悠然自得地逮蚂蚁玩呢。那颗悬着的心，这才放下，长长地出了口气。

子墨爱书的程度，真地可以用一个痴字来形容。上的是企业门卫的班，书始终在手，连陌生人进去了都不知道。为此挨了不少批评，罚了不少款，可收效甚微。睡觉的床上除了被子就是书，把妻惹火了的时候，被子被抽走了，只剩下一堆书，照样沉迷地读。睡意来了，打开的书盖在肚子上，香甜睡去。

子墨在看书，妻虎着脸叫："还不做饭！"连叫三遍了，子墨也应了声，无意识地应，人却没动。妻像弹簧一样窜过来，一把夺过书，呼哧几下，书成了天女散的花，满室飞舞。就在刚刚，儿子要解大便，让子墨等着给擦屁股，儿子都爬到床上去玩了，子墨还一手捧着书，一手拿着便纸蹲在那等。妻的火气没出掉，这下找着机会了。

子墨火冒三丈。你骂我打我都行，怎么可以这样对待我的书呢？冲上去，啪地一个巴掌甩在了妻的脸上。这样的巴掌几乎从没有过，因为对子墨来说，人应该讲文明的。接下来就是一场大战，东西乱飞，妻叫，儿子哭，一片狼籍。子墨落荒而逃，坐在夜色笼罩的马路牙子上,不知该往何处去。

妻怎么是这样的人呢? 当年我看走眼了?

子墨清楚地记得,三十岁的自己起码拒绝了十来个别人介绍的姑娘。方法很简单,对方喜不喜欢书。妻初到自己简陋的小屋,羞答答地取本书在手,静静地翻阅,一下子,子墨就有了好感。没有正式工作,农村户口,都不再重要,于是成为了夫妻。慢慢地,子墨才发觉,妻并不喜欢书,甚至是熟视无睹。也罢,只要不反对我爱书就行。可如今,怎么成了杀害书的刽子手呢?

企业破产了,子墨失业,本就是临时工的妻为了带孩子,一直在家。子墨环视小屋,租住多年的小屋。外间,吃饭的桌,几个方凳,一煤气灶加碗橱,是为厨房;里间,一张床,一个书桌,还有一个大大的旧货市场淘来的柜,床下是纸箱,墙角也是。不用说也知道,所有的内容物都是书。

妻一直在叫苦,说被子墨骗了,这样的日子没法过。子墨想不通,这不挺好的吗? 有吃,有喝,有住,关键是有书。子墨本只写点叫做诗歌散文的东西,现在不行了,一家三口要张口吃饭呢。闷着头在家写,什么都写,寄出去厚厚的一叠,快三个月过去了,不见一分钱来。

子墨还在看书,没日没夜地看。这回,妻不吵,也不闹了,把儿子往床上一丢,自己收拾几件衣服,走了。不但走了,还不见回来。子墨慌了,骑自行车往丈人家找,但妻子没回去。问遍了相熟的人,都没见着。根本就是失踪了! 儿子一个劲地哭,要妈妈。饭得烧,菜得买,衣服得洗。再没工资可拿了,没有,口袋里已经空空如也。闻讯赶来的几十年没黑过脸的老父亲,抡起棍子朝子墨身上就砸。

"你个没出息的东西! 作孽呀,祖宗八代的脸都让你丢尽了。

书能当饭吃吗？你能写出个金山银山来？你以为你是神，不用吃，不用喝？亏你还看书，脑袋里全装屎了。我告诉你，你要是不把媳妇给找回来，我一把火把这些书全烧了！"

父亲的骂和打倒没什么，儿子眼瞅着邻居小孩子手里的鸡腿流口水了，扯着子墨的衣角，小声哀求道："爸，给我买一个行吗？我只要一个，以后永远都不要了。"子墨的心被什么扎了一下似的，特别地痛，痛彻肺腑。

把儿子交给父母，子墨出门打工了，简单的行囊里一本书没带。光阴如梭，先是妻子回来，然后是买房，再然后是搬家，子墨昂首挺胸，父母和妻都是一脸的喜色。妻开始整理书，装箱打包，被子墨阻止了。三下五除二全部搬到院外的空地上，很大的一堆，点着了火，看着火焰中迅速成灰的书，子墨面无表情。

手里只留了一本，一本当年自费出版的作品集。寂寞的一本！

寂寞的书房

接到父亲的死讯，孔孟带着妻子和女儿连夜坐上动车，从北京赶到合肥，再包车回到山里的家。

到家时，父亲已经入棺，灵堂和孝幛之类全都布置停当，是弟弟和妹妹一手操持的，就等着孔孟到家了。孔孟一下子跪倒在棺材前，嚎啕大哭。当年，是父亲下狠心，把弟弟和妹妹劝退了学，让学习成绩一直很优秀的孔孟一直往上念。要不，如今的孔孟也不可能成为北京高校的副教授，和弟弟妹妹一样出门打工无疑。这么多年，父亲一直不愿意到北京去，全靠弟妹照应，愧对父亲呀。

好一会，孔孟才平和了些，这才擦干眼泪，向四周看。不对！那几个哭得满脸泪水的人是谁？自己怎么不认识呢？再看外面，还搭了个台子，上面有奏音乐，还有唱歌唱戏的。

瞅了个空，问弟弟是怎么回事。弟弟说：现在乡下都流行这个呢，得唱，还得有人代哭。你要不搞，别人会瞧不起你。越热闹，说明下辈子越孝顺。孔孟摇了摇头，不说话了。

亲戚朋友不断前来祭奠的间隙，顶着孝布的孔孟来到正在演出的台前。一会黄梅戏，一会庐剧，一会又是流行歌曲，别说，唱得还真不错，不比电视里的差。听得孔孟一阵阵地往这边瞅。这一看之下，瞪大了眼睛，不敢相信。台上正卖力演唱的人，怎么看，都像自己当年的小学老师徐亚摩。眨巴几下眼睛，定睛再看，没错，虽然富态了些，也老态了些，但就是他。

孔孟切记得，自己的名字就是徐老师给改的，嫌原先的孔小二太土。徐老师自己的名字也是改过的，特别喜欢写诗，尤其崇拜徐志摩，所以改叫徐亚摩。当年的他，吹拉弹唱样样精通，还发表过诗。要不然，只是代课老师的他也不可能娶到端铁饭碗的老婆，那时，供销社里上班的可是吃正宗国家粮的。

徐老师也看见了孔孟，一首歌唱下来，换成别人，下来打招呼。没等孔孟开口，就说话了：回来啦，发大财了吧？顺手掏出一包红皖，递了一支给孔孟。孔孟推了回去，说了声谢谢徐老师，我不抽烟。

稍顿了下，心里的疑问像刚才的眼泪一样，冒了出来。徐老师什么时候改行干这个了？徐老师昂着脖子，哈哈一笑，说：这个来钱呀，不干这个干哪个？孔孟接着问：您老师不当得挺好的吗？要不是您当年的教诲……

话还没说完，被徐老师手一抬，挡住了。别！好汉不提当年勇。穷酸的年代，那也是被逼的。你要是不考上大学，说不定现在还是个响当当的大老板呢。哈哈！

对话进行不下去了，孔孟回到了自己的位置。丧事结束，弟弟抱了个1800元的红包，说是行规。徐老师对着孔孟嘿嘿地笑：大教授也不赏赐两个？孔孟不好意思了，掏出钱包，从里面抽出几张，加在了红包上。徐老师这才乐滋滋地走了，连声谢都没有。

孔孟决定在家多待些时候再走，给父亲做过三七，于是给学校打了个请假电话，然后让妻子和女儿先行返回。回来一趟不容易，这父母都不在了，以后回来就会更少。

闲着的时候，徐老师又在眼前晃了出来。弟弟说，本来，当年的代课老师可以全部转正的，但徐老师认死不送礼，结果被刷了下来。后来，老婆也下岗了，两个人都不会干农活，又是争，又是吵，慢慢就干上了这行。一个主唱，一个主哭，红着呢。先是跟别人干，然后自己组了个乐队，现在吃香得很。

步散着散着，孔孟的脚步就晃到了领队的徐老师家。还是当年的平顶屋，徐老师不在家，头发雪白的老奶奶是他的母亲。一进门，孔孟的目光就偏向了左首的房门，老式的搭扣上挂着厚重的锁。

这门？老奶奶不糊涂，说：这书房好多年不用了，一年到头锁着，不让碰。老奶奶不识字，但知道是书房。当年，孔孟曾被带到这里背过书，写过作业。满屋子的书，徐老师在里面改作业，看书，还写诗。

老奶奶指着不远处的一幢小洋楼，说：那是我孙子的家，儿子媳妇又唱又哭挣钱盖的。让搬过去一起住，不情愿，连我这老奶奶也住不上。

可孔孟还是对书房感兴趣，趴在厚厚一层灰的窗子上，往里面看。隐隐约约地，还是原来的样，但有一股阴气直往外扑，应该是太长时间没人进去的缘故。

书房，当年的徐老师最喜欢跟同学们说的就是书房，说的时候眉飞色舞，自豪得不得了。只可惜，成为过去了，一把锁隔绝了时光。

寂寞的树

一夜之间，我像是被强盗绑架了一样，从遥远的山乡押送到了人生地不熟的都市。

我叫过喊过而且哭过挣扎过，但没人理我。我只能期待着父老乡亲们交上赎金，把我给赎回去了。我知道他们爱我，舍不得我，就像对待他们的父母。可这回，我想错了，他们不要我了，真地不要我了，他们与强盗串通一气，把我给卖了，卖到了这都市里。

我痛不欲生，欲哭无泪。我的父老乡亲们，我可是看着你们一代代长大的呀，婚丧嫁聚，生儿育女，休养生息，生老病死，在偌大的山乡，我是唯一的见证者。谁叫我是年龄最长者？你们，怎么就那么狠心，把我给出卖了呢？

这哪是我呆的地方呀。稀稀巴巴的绿，像牛屎粪，没有一点生气和活力。没有鸟鸣，没有花香，没有牛羊的漫步，没有鸡鸭的呱啦，可怜的几个同伴跟我一样畏缩可怜，还都是方言土语，没法交流和沟通。还有些孙子辈们，软不邋遢的没筋骨样，实在是败坏了我们树的名声。不提也罢。

太阳比强盗还霸道，每天一见面就疯狂地喷火，毫无遮挡地喷，不烧死不罢休。听读书的娃娃说过，天上不是只有一个太阳吗？另外九个让后什么的人给射死了。这个太阳咋就跟乡下的太阳不一样呢？要么，干脆就不知所踪了，满天里全是灰蒙蒙的，像雾，像烟，又像尘，呛得难受。不只是我，那些人也是，一个个戴着大口罩，认不清男女老少了。

月亮下岗了？听说城里曾经流行下岗的，好好干着的工作说没就没了，饭都没得吃。不是下岗，怎么老也看不到它？星星也是，好歹也是熟客，不说话，你看看我，我看看你也好。

这城里人倒不像是恶人，给我披上黑色的面纱，说是防止太阳晒。天天给我浇水。可那水，跟医院里的水差不多，有味，一股化学的味，根本就不能喝。我想对他们说，我水土不服了，这土也不行，不是真正的土，我吸收不了什么营养，相反还有毒素在慢慢地潜入我的身体。可我的话，他们不懂，要是早先跟读书的娃娃学点普通话就好了。可现在后悔也来不及了。

毕竟是经历过风雨的，我挺过来了。虽然活得不快乐，不自在，不舒服，总算是活着。没事的时候，我能做的就是胡乱地瞅。这可是都市，山乡里的人向往了多年的都市。他们一代代地化为了泥土，倒是我有福份，不想来却来了。我就好好看看吧，有机会给他们讲讲，让他们羡慕嫉妒恨。哈哈！

人的能耐还是有的，能把泥土堆成那么高那么多的楼，还住在里面。可惜不安全，我亲眼见过一次着火，那真叫惨啦，没办法逃。还有人造的汽车，像蚂蚁一样，到处都是，所以也常堵。就是气味不好闻，害得我经常捂鼻子。那些人，一个个地，从早到晚小跑着忙，可就是难看到笑脸。也不怎么说话，两个人天天碰面，像没看见一样。关于这点，我很奇怪，可找不到答案。

在我身边天天绕来绕去的，是几个老年人。有的打拳，有的跳舞，有的只是散步，没事的时候就呆坐着，一坐就是半天一天。他的家人呢？子女呢？朋友呢？邻居呢？我是外来的，才这样孤独的。

这城里也有乞丐。我搞不懂，山里都已经绝迹了，如今的时代还能没饭吃？我看明白了，他们不要饭，只要钱。不对！他们不是真的残疾，是假装的，没人的时候，就像孙悟空一样摇身一变，比给他们钱的人还潇洒。这也太那个了吧。过去的山里，是被逼无奈才讨荒要饭的，是不好见人的丑事。他们倒好，当作谋生的手段了。

经常从我眼前经过的，是跟乡亲们一样的人，很显然，他们是来挣钱的。都说城里钱好挣。我现在才知道，回乡后的风光，其实是以在城里时的艰苦换来的。你看那建筑工地上，吃的住的，连农村里的猪都不如，真难为了他们。难道他们跟我一样，与这城市不相融？什么时候，他们能住上他们自己盖的楼房就好了，也像城里人一样，潇潇洒洒的。

我很担心，到处都在规划建设，城市越来越多，越来越大，可土地只有那么大，将来不是连农村都消失了吗？看来我得转变观念，得学会适应，别指望回归乡土了。

有个放学的娃娃过来了，一边走一边朗诵课文。正好，我跟着他学普通话吧，咱也得入乡随俗了。

寂寞的鞋

　　小宇的腿是因为一只鞋而失去的。知情的人,都说小宇傻。小宇憨憨一笑,不置可否。

　　那是公司组织的优秀员工三日游,车间操作工小宇和办公室文员小敏都是其中之一。突然而来的雨,使刚刚下山的人脚上全糊上了厚重的泥,有在马路牙上刮,有用棍子剐,怕脏的小敏悬空着脚向外甩,用劲过猛,高跟鞋飞了出去,引得大家哈哈大笑。小宇帮忙去捡,不料,一辆急驰而过的汽车擦身而过,小宇的右腿就这样没了。

　　望着病床上右下肢空空荡荡的小宇,小敏泪水止不住地流。小宇故作轻松地一笑,说:没事,以后可以少买一只鞋了。由于不能认定为工伤,小宇一气之下辞了职,小敏三天两头上门看望,一去就像家里人一样地忙。时间一长,风言风语出来,男朋友离小敏而去。一不做,二不休,不顾家人的劝阻,小敏干脆住到了小宇家,然后就真地办了结婚手续。

　　小敏成了小宇的拐杖,两人一般高,一样胖瘦,出出进进,清贫的生活过得有滋有味。小敏要替小宇定做个假肢,小宇不让,说:你在时,你就是我的腿;你不在时,拐杖就是假肢。

　　单靠小敏的工资是无法保证生活的,小宇在家捣鼓了十来天,一个像模像样的工作台问世了。自行车、电动车、钟表和鞋,什么都能修,在街角树荫下把摊子一摆,生意还真不错。早上,两人一道出门，一个上班，一个出摊；晚上，一个下班，一个收摊，一道进门。不论刮风下雨，小敏中午都会回家，把饭菜烧好，再送到摊位上，然后匆匆忙忙上班。

女儿出世了，由于小宇的勤奋，小日子更添了欢乐。小敏每次为小宇买鞋，总把多余的一只特意放在了柜子里，有事没事，瞅着那逐渐增多的鞋发呆。细心地掸去灰尘，再轻轻放好，像是对待宝贝。

一个下雪天，小敏骑电动车回家做午饭，路滑，不得不小心翼翼。再去上下午班时，时间上就紧了点，车速就放快了。一个躲闪不及，一辆大货车挂翻了小敏，小敏的左腿压在了车轮下。等小敏醒过来，看着自己空空荡荡的左腿，痛哭流涕。

日子还得过，就像小宇所说的：你也可以少买一只鞋了，咱们节约闹革命。可小敏笑不起来，两个残疾人，难啦。但再难也得过，小敏本就会一点缝纫，思来想去，只有在这方面下功夫了。

一段时间过去，街边新开设了一家不起眼的门面，里面是小敏的缝纫工作台，缝补、订做、剪裁、改衣，你能想到的都能做到。外半面是小宇的势力范围，还一直延伸到门面外。各行其事，互不干扰，但相互协作，相互照应。

小敏又一次翻看鞋柜，心有些酸。信手把给小宇攒了一堆的鞋里取出一只，往右脚上一套，咦！竟然合脚的很。这个惊人发现，让小敏非常兴奋，一只只试过，全都可以穿。小宇过来了，一只手轻巧地搭在小敏的肩上，什么话似乎都是多余的。小敏回过头，凄凉地一笑，说：以后只买一双鞋就行了。

女儿上高中了，要上晚自习。学校在城东，家在城南，相距有六七站路。小敏说，让女儿住校吧。小宇不同意，说学校伙食差，缺营养。晚上反正闲着没事，可以接她。小敏说，我们一起接，小宇不让,笑道:遇到了坏人,你反而是累赘,有我保护,保证女儿安然无恙。

小宇开始接了,九点从家出发,拄着拐杖,速度不亚于一般人。接到骑自行车的女儿是十点,到家接近十一点。天天如此,风雨无阻。

这天下雨,晚上家里来了客人,小喝了几杯酒,聊得特别开心。一不留神,出发的时间稍迟了些,小宇走着走着,看到前方停了工的工地,想取个捷径。等到走进去,却迷了路,急切间冒险走在了简易栈桥上。拐杖一滑,整个人栽了下去,连带着稀哩哗啦一阵响,把小宇给埋没了。第二天发现时,已断了气。

小敏哭得死去活来,可再哭,也哭不回小宇了。小敏担起了全部的生活重担,直到女儿拿到了大学录取通知书。女儿临行前,要妈妈一定要找个伴,好相互照应。一定。还是那个柜子,又是好多只鞋子在孤独守候,小敏的泪水滴在鞋上,湿了一只又一只。

小敏的门面前多了张征婚启事,下面有一只鞋。内容很简单,能穿上鞋的单身男人就是合格人选。

寂寞的胭脂

"林花谢了春红,太匆匆,无奈朝来寒雨晚来风。胭脂泪,相留醉,几时重,自是人生长恨水长东。"这是梦菁最喜欢的一首词,每每默默诵念,一到胭脂二字,心里瞬间酸涩无比,不能自抑。

如今，胭脂已是稀罕物了，很少有卖的地方，但梦菁总能花方设法地买到。一买就是好多盒，密密麻麻地排放在储柜里，一把精巧的小锁，每天都会打开。甚至不用打开，那股独属于胭脂的香味在卧室里满满地盛装，经久不散。

梦菁的卧室里没有镜子，甚至，整个家中都没有镜子。让人惊叹的是，不需要镜子，梦菁梳起头发，塑起发型，丝毫不比在镜子里左瞧右看的女人差。相反，梦菁的背影出现在哪，哪里的女人就全都黯然失色，太多的目光迫不及待地想拐个弯去，一睹芳容。一幅硕大的墨镜掩映在纷披的长发中，仅此，再也甭想看到其它。怀揣着一丝遗憾，一份期待，不尽的想象，留待未来的时日吧。

无人能翻阅这本胭脂味的书，除非梦菁自己。一盒胭脂在手，看嫣红灿烂，妖娆迷离，不知今夕何夕，梦菁仿佛又回到了青春年少时节——

那时，梦菁是徽剧舞台上最亮的那颗星。花一般的年龄，皮肤白嫩得能掐出水来，稍稍点上一抹胭脂，鲜亮得赛过牡丹。再无须其它妆容。身段好，足尖轻点，腰肢就如柳般颤颤，说不出的风情万种。嗓音也好，再难伺候的耳朵，一听她的声音，柔顺了，舒服了，迷醉不已。

因为瞩目，追求的人便多，轻而易举地就选了个官公子。一开始，把梦菁差不多捧在了手心里，无有不从，无有不愿。只要动意，就没有圆满不了的，那才叫真正的幸福。戏台上难得一现身影了，该有的都有了，又何必再那么辛苦？

时日渐久，官公子开始原形毕露，花天酒地，乐不思蜀，夜不归宿。当初被视为宠儿的梦菁，只有清冷相伴，孤独相伴。曾是舞台上举足轻重的人物,是目光的焦点,哪受得了如此的委屈,梦菁愤而离婚,清清白白的一个人告别了那段短暂的婚姻。

归宿只能是舞台,那是梦菁的起点,也是灵魂之所在,更是身心的寄托。伤痛在心,无人能够看到,嗓子一如以前的美妙,舞台之下因为昔日之星的再度回归而再现热浪。

一个中年老板出现了,没有炫富,没有热辣,只是像父兄一般地关爱。渐渐地,梦菁的心平复了,脸上呈现出安宁和微笑,第二段婚姻悄无声息地启动。梦菁吸取了之前的教训,家庭和舞台两不误,日子充实而滋润。不断出席老公的各种活动,成为重点内容之一,每到场合,无不是全场的焦点,增色许多。舞台再一次逐渐淡出了,时间上的冲突,应酬导致的嗓子问题等等,只能二者选一。

老公的事业迅速腾飞,梦菁感觉自己像老公手里的一张牌,根据需要,随时随地地出示。疲惫,劳累,风光的背后是难以用语言表述的酸涩。倦了,乏了,再无其它。就在这时,梦菁发现了老公的秘密,不仅与秘书暧昧,还有固定的情人。由爱生恨,恨不得同归于尽。在一次公开的聚会上,梦菁将事先准备好的硫酸向老公泼去,老公情急之下一挡,反泼在了梦菁的脸上,一张花容月貌的脸从此不复存在。

当纱布揭开的一刻,梦菁晕了过去。醒来,泪水滂沱,再晕倒。反复多次。梦菁在乡野之地寻了处独居小楼,从此再与舞台没有任何牵连,与外界几无联系,除了偶尔为搜求胭脂而奔走之外,只在小楼之中。无人知晓这一位身段窈窕,常年戴着墨镜的女子是谁。

几株牡丹,一畦菜地,池塘扶柳,坐观星月,再就是赏玩不尽的胭脂。

一天，几个写生的美术学院学生路过，把池塘边柳丝隐映的静坐梦菁给画了下来，其中一个把画送给了梦菁。面对纸上倩影，泪水悄然滚落，哀思又起。回到卧室坐下，心仍起伏不止，信手取过纸来，也信手涂抹，自我感觉也像模像样，只是缺了一点颜色。一眼瞥见手边的胭脂，略一犹豫，伸手揭开，或点或染，顿时满纸生动。梦菁大喜，原来，胭脂还有这样的妙用。

梦菁乐此不疲了。那洁白的纸张仿佛是昔日的脸庞，由着自己的喜好，尽情地描画。或喜，或忧，或思，或愁，或眠，或怨，无不因为胭脂的红艳渲染而灵动几分。

渐渐地，这个城市的文艺圈传扬开一个说法，说是有一位奇异的女子发明了一种胭脂画，极冷，极简，也极艳，睹者无不称奇。

可惜只是传扬，很少有人能亲眼目睹。

寂寞的鱼

鱼想动弹一下身子，可怎么使劲，都动不了分毫。

这太荒诞了！鱼恨不得要造反，像孙悟空一样，反上天庭去，闹它个天翻地覆。鱼在水里，竟然动弹不了，这自从盘古开天地以来有过吗？

努力睁开迷迷糊糊的眼睛，其实，只是张开了一条窄窄的缝。包围自己的，是浓得不能再浓的药汁一样的液体，很难说清是什么颜色。从水底冒出来的泡，仿佛穿越千难万险似的，不知道经过多久才能如愿见到天日。轻微的一声"啪",是如遇大赦一般的放松,不亚于卸下山一样的重负。也幸好有这泡泡,死一样的寂静总算有了声息,空气也便有了动静。

最难闻的是气味。有腥臭,有腐烂的气息,更有无法分辨的怪味,总之混和掺和在一起,有想呕吐的感觉。鱼曾尝试过训练憋着呼吸,起码少闻一些,可再持久也是徒劳。谁叫自己是鱼呢,本就是生活在水中的,靠水而生存,还能改到岸上不成?

不用看,鱼知道自己身上生了东西,像疮,又像癣,又像溃烂,有的地方还长出毛乎乎的绒毛。真的是奇痒难耐,要是有手,早就抓得遍身稀烂了。唉!这叫什么病呢?就没办法可治吗?

鱼拼命地仰起脖子,想看到水面上的天空。太难。曾经绿荫荫轻盈盈娇俏可爱的各种水草不见了,取而代之的是肥硕的茅草,呼呼地往上窜,能遮避了整个的天空。难得的空隙间,也满是一层厚厚的漂浮物,发黑,发绿,发暗,似藻又像油,说不清是什么东西。鱼的努力,只能是徒劳。不只是鱼,再无人愿意靠近水一步,哪怕是路过,也远远地绕行,还捂着口鼻,生怕沾染了一星半点。有很长很长时间没看到人了,那在过去害怕见到的人,现在倒想念上了。

最无法忍受的是,竟然再也找不到一个同类或是同伴。即便是虾,是蟹,是虫也行,可看不到,摸不着,听不见。都哪去了呢?那叫人的动物,是疯狂打捞过,用网,用电,用毒药,可也不至于捞绝种了吧。

以前,最痛苦的事,就是同伴们之间的争食争地盘争爱争宠,现在倒是清静了,可一点生活的情趣和意味都没了。为什么活着呢?这样的活,还有意义吗?

曾听说鱼缸里的世界是牢狱,是禁锢自由的地方。鱼不这样想,只要是清清的水,坐上一辈子牢也心甘情愿。或者,干脆被人吃掉。鱼渴望着被人吃了,被吃也是一种幸福。虽然是生命的终结和消失,但那最后的归宿好歹也是价值的体现吧。总比在这孤独痛苦地等死强得多。

默默无闻地死,不明不白地死,孤独地死。鱼一想到这些,就怕,怕得连续做恶梦,偏偏梦过后还会醒来,然后还是恶梦。无息无止呀。

曾经,鱼有过很多梦想的,还有理想。比如到汪洋的大海去,感受辽阔,感受风浪,感受生命的力量。还比如好好地爱一场,即使不是同类,一茎小草,一朵白云,一个可爱的儿童。面对无情的现实,想象已经脆弱到崩溃的地步,再无指望。

不!还有最后的一点愿望的,那就是祈求脱离水而生存。鱼,为什么就非要依赖水而活呢?生存才是硬道理。在生存遭遇如此危机的时候,为什么不可以改变这根深蒂固的习性?人都说与时俱进呀,我们鱼为什么不可以?

突然,鱼听到久违的脚步声了,是人的脚步声。鱼大喜,终于可以看到人了,久违的人。一个背着书包的孩子,沮丧地走过,一眼看到了鱼。眼睛一下子发出光来,兴奋地找来树棍,拨来拨去。鱼清楚地露出水面了,孩子满脸地失望。

这不是我好早以前扔的玩具塑料鱼吗?怎么还在这里。孩子走了,鱼急得要哭了,更大声地喊。可惜,孩子听不见,也不可能听见!

寂寞的月亮

"月娃,起床了!"爷爷手拿直尺,声色俱厉地冲床上的孙子喊。

"爷爷,再让我睡会行吗?就五分钟。"孙子眼睛闭着,苦苦哀求。这一个暑假天天如此,状告了,可爸爸妈妈也救不了他。

"不行!"尺子直奔而来。小家伙一个激灵坐起,瞌睡没了。

洗漱结束,先背《三字经》《百家姓》,然后吃早餐,这是爷爷的规定。孙子聪明,记性好,已经背得八九不离十。爷爷说,接下来是关于月亮的诗词,那小嘴撅得高过了鼻子也没用。月娃的名字也是爷爷给取的,只有爷爷一个人叫,但比爸爸的浩宇、妈妈的宝宝响亮得多。当然,主要是叫的次数和力度占了上风。

孙子屡屡质疑:"爷爷,您小时候被打惯了吧? 您教书时,也一定是个喜欢打学生的老师。打真有效果? "

爷爷回答:"面对蒙昧和顽劣,打是开启心智和警醒的必要手段。"

孙子没辙了。爸爸妈妈没舍得打过,倒被这个白胡子爷爷给补上了课。跟别人家正好相反。有几回,是当着爸爸妈妈面打的,心疼得眉头直皱,可谁也不敢上前阻止。爸爸私下安慰:"坚持一下,我小时候也是这样的,打惯了就不痛了。"妈妈一伸手,拧上了爸爸的耳朵,把气出在这拧上了。

爷爷让背的,是上幼儿园的月娃从没听过的。"江月去人只数尺,风灯照夜欲三更"、"松排山面千重翠,月点波心一颗珠"、"明月有情还约我,夜来相见杏花梢"等等,隐隐约约,似乎知道一点意思,又似乎茫然,别说,念起来还蛮好听的。渐渐的,兴趣倒越来越浓了,不但背,还要爷爷讲诗句的含义。

冲突开始显现。比如,妈妈要求背的是英语单词。妈妈经常强调,英语是国际通行语,是现代社会的通行证,要是不精通等于是盲人。同时还不忘攻击,那些古诗词是坟墓里的腐物,学得再多都没用。这是在爷爷背后发的牢骚,每天最好的时间段都被爷爷占用了,妈妈是既着急又无奈。有所耳闻的爷爷,不作任何回应,直尺在手,把孙子牢牢控制着就行。

晚上看电视,爷爷突然看到月亮的文化解析讲座,兴奋地一蹦,叫孙子儿子一起来看。儿子正在电脑上痴迷地看美国大片,孙子叫嚷着机器猫动画片马上就要开始,一致拒绝。爷爷脸一沉,啪!关了电视,坐到阳台上望隐隐约约的月亮。

看月亮,是来到城里后的爷爷最常做的事。半夜睡不着的时候,也爬起来看。灰蒙蒙孤月在天,人影映在墙上,一样地孤单。

月娃去过爷爷乡下的老家,月亮好大好圆好亮,许多小星星散布在天幕上,像是围着月亮的调皮小朋友们。那是月娃第一次听爷爷讲月亮的故事,嫦娥奔月,吴刚砍桂花树,玉兔捣药,等等。不是说月亮也是星球之一吗?上面没有生命存在的,美国人都已经上去看过了。怎么还有嫦娥和吴刚呢?月娃的疑问,引得一家人哈哈大笑,好一番解释才明白怎么回事。

月娃随着爷爷的视线关注过城里的月亮。天空总是灰蒙蒙一片,很难有看到月亮的时候,偶尔看到的,也是惨白惨白的模糊印象。就那,有什么看头?可爷爷乐此不疲,每到月圆之夜,还要点上三炷香,对着月亮拜上三拜。口中抑扬顿挫,念念有词,或咏或诵,不亦乐乎。让月娃拜,月娃不干,爷爷叹息一声作罢。端两碟喜欢的小菜,坐到阳台上,酒杯在手,高高举起,与月共饮,能饮到半夜。

爸爸出招了,给全家人报了一个美国名校观摩游,要提前从意识层面进行灌输,夺回浩宇的思想阵地。爷爷胡子都翘了起来,跑到书店,买了一堆传统文化书籍,放在家里的每个角落,要求人人诵读。可谁都不屑一顾。冷战开始,以爷爷和爸爸为主角,形成对立的两个阵营,妈妈是爸爸的忠实后卫,可怜的月娃一会左,一会右,不知怎么办才好。

爸妈和浩宇从美国回来,爷爷已经走了,带走了那些书,还有与月亮相关的一切。唯一留下的是一封信,更像是遗嘱,信中说:

"祈求月娃常思月,莫使嫦娥空凄惶,唐诗宋词韵味久,点画撇抹显脊梁。我死后,将我所有书籍一同下葬,下葬之地务必是时时见月且离月亮最近的地方!"

寂寞的灶台

已经多日没有起床的老太太,大清早执意要起来,小儿子嘴里骂骂咧咧着,和小儿媳一起,帮忙小便、穿衣、洗涮、喝牛奶,然后按老太太的要求扶坐在躺椅上。躺椅靠放在正屋的门口,薄被围裹,正好能看到进家的院门和门外的马路。

老太太问了几遍,今天是中秋节吧?小儿子没好气地回敬,你管那么多闲事干么？反正也没人来看你管你，一天到晚就知道折磨我们。老太太淡漠的眼神扫过，啥话也没有了，眼看着儿子儿媳出门，锁上铁栅栏院门。一句硬邦邦的话扔在了院子里：

我们中午在她家过节，回头带点饭回来。

安静了，早已习以为常的安静。即使保姆在，大多时候人不在家，不是出门闲聊，就是做她的事情，属于老太太的，只有安静。老太太的目光聚焦在厨房里，厨房的门与正屋的门相对，间隔不过六七步，穿过厨房的门，能看见冷冰冰的灶台。老太太好想过去，哪怕只是拿起抹布，为灶台擦去灰尘，把锅盖洗洗。

可惜这双腿已经无法动弹，已经有一年多了吧。连穿衣脱衣都要人帮忙，还烧锅做饭，烧给鬼吃呀。这是小儿子的话。要是真成了鬼倒好了，我怎么就不死呢？这罪受不了哇。

经常地，老太太会回忆起从前。老头子工作调到镇上，家也就搬了过来，比起山里的老家，这房子不大，盖了院子，还另外建了厨房。两个儿子的房，老夫妻俩一间房，还有一间客房，将就着住了。大女儿女婿在镇医院上班，家也在镇上，来来去去不用住。小女儿一家在几十公里外的乡镇，客房是为他们留的。大儿子在县城上班，小家庭也在县城，偶尔回来一趟，房是必须要的。小儿子跟老头子一样在镇上上班，小媳妇在街上开门面做生意，每天晚上回来。这样的大家庭，比上不足，比下有余，儿孙满堂就是幸福呀。

那时候，老太太有一多半的时间待在厨房里，从早上买菜回来，到择菜、洗菜、烧菜、烧饭、洗锅、涮碗，一天三顿，不到晚上七八点钟歇不了。往往，酒桌上的热闹与老太太没什么关系，只有灶台才是老太太发挥才干和体现价值的地方。看着一家人吃喝得高兴，其乐融融，再累也心甘。

老头子退了休,偶尔的闲暇,老太太便浑身不自在,与老头子拌嘴也成了常事。怪老头子脾气不好,对儿女狠,在家待时间久点就不乐意。老头子就骂她,你倒爱护他们,还不是我养活你?累死了都没人讲你好,贱命!

其实,老太太心里有一本帐。女儿是别人家的人,愿意孝敬多少是他们的事,不能强求。大儿子在企业里,大儿媳为了孙子没上班,还租房子住,日子不好过。也就小儿子在身边,吃喝方面沾点光。再说,你老头子有退休工资拿,又不缺钱花,又要他们的干什么呢?攒再多的钱,最终还不是下辈子的?但老太太不敢点破,老头子脾气爆,又有高血压和冠心病,只能哄着。何况,自己也老了,种不了田,挣不了钱,还靠老头子养活着呢。

大儿子回来得越来越少,自从企业破产失了业,就自己找饭吃。一会这,一会那,问也是白问。每到老两口生日或是节日,全家人聚齐也难。你一言,我一语,老头子越发不满。尤其是生灾害病,自然是比不了端共产党碗的几个,只有老太太从中调和,但效果不大。在这个家,老太太只做得了灶台上的主,只有那才是她的天地。

年事已高的老太太已经力不从心了,那灶台上的活交给谁呢?为了照顾刚出世的孙子,已经退休了的大女儿举家搬到了外地,小儿子儿媳早出晚归,什么事不管,老头子开始打起小算盘。斟酌再三,老头子和小儿子达成了协议,以赠与的形式把房产给小儿子,由小儿子承担一双老人的养老送终。大儿子自己的生活都艰难,又常年在外谋生,指望不上;自己有退休工资,生活自保,身后事又有政府承担,攒下的钱管老伴足够。两人可谓不谋而合,瞒着大儿子,一纸公证书就成了既成事实。

事实公开的一刻,大儿子像遭了雷击一般,痛不欲生。从此再也不踏进这个家,被踢出门了,还是家吗? 一字不识的老太太慢慢才知道怎么回事,眼泪哭干了也没用。那手印是按了,可哪知道是这事呢。

然后是老头子检查出肺癌晚期,很快在懊悔不已中去世,自己卧床不起,请了保姆伺候。大儿子回来的勤了,但只是看看就走,女儿女婿也是。原本热闹的小院兴旺的家,一下子冷清异常,毫无生气。小儿子一家在店里吃,除了保姆简单的烧煮,灶台几近于荒废。有时,好多天无人问津。

没有炊烟的家,还是家吗? 老太太的目光望着灶台,望着院门,那外面的车来人往是中秋的喧闹,只是远了,再也感受不到。

同样远了的,是相守了一辈子的灶台。

寂寞的贼

贼很失落,失落的原因有几个。

偷了几十年,竟然不知道要偷什么了。看看家里,看看自己,要什么有什么,那第三只手该伸向什么目标呢? 这是其一。其二,不知从什么时候开始,家家户户的门都不上锁了,一推就开,需要什么就拿什么。这叫拿呀,不叫偷的。最可笑的是,自从法律上取消盗窃罪名之后,人们竟不知道什么是偷了,失去了存在的价值倒也罢,连名号都没了。实在是滑天下之大稽。此为三。

算了,不细数了,越说越害臊越没脸面,恨不得一头撞在裤裆里——羞死。

贼走上大街，一面散心，一面寻找机会。一边走，脑子还没忘细细地梳理。房子是家家都有的，不需要买，政府配给制。多要也无益，反正没人会买。当然，房子也是偷不走的。家具家电衣服饰品和一应用品，只要你想要的，到商场里选购也好，一个电话或者对着网络轻点一下鼠标也好，全都来了。以旧换新。无须掏钱，人手一卡，一刷搞定。早就不存在什么钱了，不存在谁是富翁，谁是穷人。每个人都有一张卡，身份资料、身体信息、家庭工作学习情况以及个人喜好性情消费等等，包括基因图谱，全在一张小小的卡里。哪里有什么不适，服务中心都一清二楚，会主动约请对症治疗。

那就偷卡？与神经系统相呼应，属于持有人身体的一部分，对于其它人，毫无用处。

贼很后悔，后悔当初走上了偷窃的道路。那是一个有钱就是爷的年代，不管你的钱是什么来路。当官的贪污受贿，经商的以次充好，生产商弄虚作假，偷盗抢劫横行，出卖色相和良心，还有坑蒙拐骗，人们变着法子捞钱。钱，就是唯一的标准，衡量政绩和个人价值的标准。贼就是那时候走上邪路的，明知是邪路也得走。然后是全面的资源耗尽，生态恶化，环境污染，雾霾满城，癌症等各种病变肆虐。

高温如火烧灼，冰川融化，海平面上升淹没诸多陆地，一场猝不及防的瘟疫同时从天而降。几乎是瞬息之间，生命消亡过大半。灾难过去，从死亡的阴影中勉强逃脱的人们，才开始痛定思痛。

侥幸的贼，因为被关在监狱里，避过了一难。等他重见天日，世界全都变了，变得不敢相信，也无法接受。盗窃罪名怎么可以没有了呢？钱怎么可以取消呢？贼怎么可以失业？疑问太多，找不到答案。

贼的手好痒痒,像有电刺激似的,蠢蠢欲动。贼知道,偷惯了的手已经捺不住了。在监狱里,也经常如此。监狱有的是应对的办法,让贼上网玩偷菜的游戏,贼一开始很高兴,可玩着玩着,看见谁都在偷,不乐意了。真搞笑,难道全民皆贼? 一下子失了兴致,碰都不愿意碰。

可又实在捺不住,贼自己想了个花招。就跟武侠小说里说的那种左右手互搏的功夫一样,左手从右边口袋里偷,右手从左边口袋里偷,一只手偷,另一只手想办法抵挡。那是在监狱里,是没办法的办法。现在自由了,难道也只能那样过偷的瘾?

大街上转过来转过去,什么东西都去碰碰,就是拿起来走出好远,也没人愿意关注。实在太没劲,又沮丧地送回原地。何况,那东西要也无益。

老天啊,难道真地天下无贼了吗? 我命该绝?

不行! 咱行不了偷的事实,怎么也得让人知道我就是贼。失去存在的价值和意义也就罢了,不能连名号都没了,晚节得保住。

贼在雪白的衬衫上用彩绘笔写了"我是贼!"三个大字,前胸后背都有,然后招摇上街。这下有效果了,真有不少人关注。还有人过来请教:贼是啥意思? 贼就一五一十地给予讲解,直到对方满意地点头离去。贼仰起了头,挺起了胸,一脸的得意。

下午再上街时,竟然有人学上了。操! 被别人当成了时尚,跟起了风。

不行,再换一招。这回是一面白旗,上书"我是贼!"三个大字,迎风招展,呼啦啦地响。

贼的身份卡早就闪烁警示的微光了,要贼前往医院接受全面身心检查。贼置之不理。救护车上门了,几个白大褂强行把贼押进了车里，贼一边反抗，一边高叫：

"我是贼！我没病！"

可没人理会，连叫喊声都寂寞地很。

寂寞的枕头

坐在返乡火车上的玉柱，按捺不住内心的喜悦，再一次拿出绣有鸳鸯和并蒂莲花的枕巾，那可是以全部的家当买的，仿佛看见了月儿娇羞美丽的脸。

值了！能有月儿这样的好姑娘做老婆，放弃提干，退伍还乡又算得了什么。隐约间，已听见喜庆的唢呐正把蒙着红盖头的月儿迎进家门。

脱下军装的玉柱不再有英武之气，恢复了山乡青年的朴实和憨厚。月儿进门三个月，就分了家，两间屋，几斗田地，就是全部家产。还有弟妹，爹娘不想拖累他们。

玉柱很勤劳，什么节气做什么农事，起早歇晚。月儿也勤劳，家里家外地忙，没个歇时。小日子和和美美，就像那摆在一起的枕头，怎么着都是幸福。

几年下来，两人泄了气，除了肚子饱了，身上有衣穿，啥也没落下。月儿问玉柱，玉柱说，慢慢来吧，总会好起来的。

很快，女儿出世了，多了一份欢乐，也多了一份艰难。玉柱还是那么勤劳，甚至是劳累，月儿也是，可就是没有起色。眼见村里人纷纷出门打工，然后光鲜地回来，置家电，盖楼房，月儿心痒痒的。几番提醒玉柱,玉柱说,等女儿大点吧。于是就等,一直等到女儿上小学了,第二个女儿又出世了,玉柱还在家里伺候那一亩三分地。

月儿出门了,出了门的月儿连音信都不留给玉柱。玉柱既当爹又当妈,做农活,还担心和牵挂月儿。每到晚上,眼瞅着空荡荡的另一个枕头,就特别想念月儿。心里默默地喊:月儿,你不是说我们就是这并蒂莲吗?

月儿先是在一家服装厂流水线上,可上班时间太长,活累,工资也不高。月儿跳槽到一家大酒店,当服务员兼酒水促销。本就长得标致,人也灵活,很快适应环境的月儿做得得心应手,收入也呼呼地长。

酒店这行比较杂乱,什么样的客人都有,骚扰和欺负是正常的事。月儿暗地里流过不少泪。如果玉柱在身边就好了,一想到玉柱,就恨铁不成钢。月儿只按时寄钱回家,连封信都不写,虽然心里很想念女儿和玉柱。

几个男女老乡聚会,月儿借酒浇愁,不想却醉了。同在一家酒店做事的保安老乡,挽扶月儿回宿舍,本就一直暗恋着,眼瞅着月儿妩媚的醉态,趁机占有了她。一觉醒来,赤裸的自己和赤裸的老乡,月儿连死的心都有,终日以泪洗面,嘴里喃喃着对不起玉柱。保安老乡跪在地上,说自己酒多,一时糊涂,请求原谅。过了好长时间,月儿才慢慢平和了些。

月儿回家了。出乎她意料的是,两个女儿由公公婆婆照看着,玉柱承包了一片田地,搞起了苗木移栽和培育。月儿又喜又愧,喜的是玉柱终于像个男人了,惭愧的是自己无法面对玉柱。眼看着那对绣花枕头多年不变地还在位置上,等着人回来,心里说不出地辛酸。

玉柱好高兴,兴奋地向月儿汇报这几年的点点滴滴,仿佛有说不完的话。月儿的泪下来了,一个劲地淌。月儿坦白了,不说出来,心就不安。月儿说,随便你怎么处置,总之是我对不住你。玉柱闷了半天,突然抓起枕头,狠狠地扔在了地上。

玉柱还是玉柱,但沉默了许多,只埋头做事。后来,当月儿听说玉柱在外有了女人时,长长地吐出一口气,心里反而畅快了许多。

经常地,月儿一个人睡在床上,手抚着空着的另一个枕头,久久难以入眠。鸳鸯还是那般恩爱,并蒂莲还是那般缠绵,只是枕上却空了。日子不紧不慢地过着,生活越来越好,楼房等等该有的都有了,玉柱和月儿还是那么勤劳。如果不发生后来的事,说不定这样也会是一辈子。

玉柱出车祸了,当场身亡,连一句话都没有留下。月儿的泪水从此再没有干过,白天是,晚上也是。尤其面对玉柱当年从部队退伍时倾其所有买的绣花枕巾,想到从此再无枕上人的时候,彻夜泪湿枕巾,不能自已。

家搬到了城里,女儿工作了,出嫁了,月儿一个人,还是那副枕巾。颜色不再鲜艳,可鸳鸯还在,并蒂莲还在。在女儿的不断怂恿下,月儿勉勉强强找了个老伴,老伴进家,什么都换成了新的,唯独枕巾没换。

一天,月儿见枕巾换了,忙问老伴。老伴说,扔了,我买了副新的。月儿急急忙忙到路边的垃圾桶里去找,翻了个底朝天,总算找了回来。快走到家门的一刻,月儿又蹒跚着回到垃圾桶边,扔进去一只,转身,往回走。到了门口,又折了回去,站在垃圾桶边,不知如何是好了。

此时,夜幕已落,缺了一只灯的路灯昏昏黄黄,灯下,是孤伶伶的月儿和长长的身影在寒风里,孤立,苍凉……

寂寞的种子

茫茫的宇宙,像一张超大的无边的网,什么也逃不过它的包围。诺亚方舟号航天器像一粒不起眼的尘埃,漫无目的地在其间飘浮着,何处才是终点和归宿?

"叮铃铃——"

一阵类似于警报的声音响起,每二十四小时播放一次的影像开始了。亚克船长放下手头的事务,虚空一点,四维立体画面里,美丽的地球出现了。

多美的星球啊!蔚蓝的天空,洁白的云絮,深蓝的大海,绿色的丛林,五彩的花朵,金黄的沙漠,跳跃的溪流,勤劳而智慧的人类,亚克仿佛又回到了遥远的地球时代。突然,画面变了。炮火,战争,核能泄露,大片的化工厂,冒黑烟的烟囱,比人还多的汽车,发黑干涸的河流,漫天的沙尘暴和雾霾,人满为患的医院,变了形的人和动植物,几乎就在一瞬间,地球的颜色慢慢淡去,然后像花朵一样地枯萎干瘪和收缩,面目焦黑浑浊,凝固成混沌漆黑的一团。最后的画面,是太空中拍摄的,能够有幸目睹的,只有诺亚方舟号飞船上的所有成员。

虽然已看了无数遍,每每看到这时,亚克的手还是情不自禁地握成了拳头,微微颤抖。再也回不去了,家园不再,地球不再,这航天器上承载的,可是人类未来的希望啊。

亚克站起身,打开一道道细菌都无法进入的封闭舱门,来到固若金汤的保险库。先通过全视角监控器,观察了一下每样物品的情况,然后坐下来,通过全息影像认真了解掌握保险库中所有物品的详细资料。

不同国家地域的泥土、水和空气,所有的矿产样品,各种粮食作物的种子,各类植物的幼苗,卵生动物的卵,所有微生物的样本,等等,只要能获取到并能够在一定的条件下长久保存的,都进入了这个保险库。那一刻,肩上的责任如同扛着喜马拉雅山一样沉重无比。

本来,亚克只是个生态学家,由于在这一领域的突出贡献和声望,被联合国征召创建地球物种基因库。说白了,就是专门搜集和收集地球上所有的物种,包括原始状态和不同进化阶段的,既是永久性地保存,也是研究。

随着工作的深入开展,亚克有雷霆罩顶灾难临头的感觉,一份厚重的报告呈交给联合国大会,世界各国的元首全都震惊了。由各国主动出资和全力支持的一项绝密计划开始启动,那就是打造现在亚克所乘坐的诺亚方舟号航天器,把地球物种基因库的精华微缩版搬上航天器,以备不时之需。

没想到的是,不时之需却成了必须之举。阴差阳错地,亚克也就成了这艘航天器的掌舵人,可该驶向何处呢?亚克也是一片茫然。这宇宙之大,竟然连容身的地方都没有吗?地球啊地球,我怕是要辜负你的希望了。

"不好了,船长。志愿者一号二号出现快速衰老现象!"

亚克立刻赶到生命培养舱,出现在面前的,是两个外在形貌呈现半老状态的男女,生命体征相关数字也是如此。经过专家组紧急磋商,决定注射微量的生命保鲜剂,力求志愿者在未完全衰老之前完成生育后代的重任。

在这艘航天器里，是没有时间概念的。所有的生命体，借助生命保鲜剂，始终保持着从地球出发时的体征状态，以确保尽可能漫长的寻找之旅。可事物总有相反的一面，正常的生育行为却因此而无法实现了，这才出现了志愿者的试验。

摆在面前的一切，皆是未知数。能做的，只有一边大胆探索和试验，一边继续漫无边际的寻找。人类本身，更是极其珍贵的种子啊，和那些物种一样，寂寞的种子。种子需要的是土壤呀，可土壤在哪？

"报告船长，距离 100000 光年的 X110 星系发现一颗跟地球极为类似的星球，经初步探测，可能有水存在。"亚克兴奋得好象见到了天堂里的亲人，立即打开全息影像，信息数字飞速闪动，牵扯着亚克的视线和神经一阵阵地剧烈波动。

"全速进行！"

亚克下达了指令，然后稳稳地坐在那里，眼睛再也离不开影像里瞬息万变的数据。有很多个时候，亚克的双手已经在胸前合十，默默祈祷上了。但愿，但愿……

"报告船长……"

寂寞的嘴

这是一起颇有些蹊跷的报案。

来报案的，有幼儿园的老师，也有家长，但并不是孩子丢了或者受到伤害，而是这边离开了家，那边又没到幼儿园上学，可孩子们都快乐自在着。哈哈！我自己都感觉说不清楚了。别急，我先把头绪梳理一下再说。

幼儿园报案说，先是有两个孩子没来，然后是四个，再然后是七个。一开始以为是孩子们随同家长出去玩了，忘了请假，没在意，越来越多才感觉不对头，电话打给家长才知道，孩子们都准时出了家门，来上幼儿园了，而且都准时地高高兴兴地回了家。这中间的时间段到哪去了却不得而知。这个责任我们可担当不起呀。

家长报案说，这太危险了。明明是出了门，到幼儿园去，可竟然人不在幼儿园。现在的孩子都是各家各户的宝贝，稍有闪失，不只是单纯孩子和家庭的问题了，而是整个社会的问题。你们公安机关必须得负起这个责任。

经了解，出现状况的孩子都是一个小区的，问题的焦点都集中在主动承担义务接送任务的李奶奶身上。家长们早已想尽各种办法，费尽心机从孩子们身上掏问出了若干情况，说是李奶奶的孙子热情邀请他们到家去玩，吃的喝的玩的随便选，还有礼物赠送，但不可以跟幼儿园老师和家长说。照样准时出家门，准时回家，谁说了就不是诚实的好孩子，就不带他玩了。首先去而且能带动其它小朋友去的孩子，还有奖励，带动一个，奖励多少钱或者想要什么玩具就给买什么玩具。一个传一个，流失的孩子也就越来越多。

家长和警察都有些紧张了，先是主动承担义务接送，再利用孩子们喜欢的东西做诱饵，只是玩这么单纯吗？李奶奶此举意欲何为？颇为奇怪的是，孩子们在李奶奶家真地只是玩，想怎么玩就怎么玩，包括吃的喝的都是各取所需，这其中究竟掩藏着什么秘密或者说阴谋？

全民微阅读系列

为避免打草惊蛇，警察先从外围了解李奶奶家的情况。李奶奶 57 岁，退休干部，曾在某局办公室从事文员、机要秘书、副主任和主任等工作。工作勤恳扎实，作风正派，人缘也好。老伴钟爷爷，刚刚从县委书记位置上退休，在位时是个工作狂，事事到场，指导督导，号称精神领袖。老两口单独居住，由于儿子媳妇做生意忙，孙子的吃喝住行都在老两口跟前。这样的家庭，似乎也不像是有什么潜在危害呀。

经慎重谋划并征得家长同意，在做好各类严密防控措施的前提下，决定让孩子们仍然正常去玩，然后以社区工作人员登门走访为名，实地查明事实真相。虽然有一定的风险性，但也是最有效最直接的查明真相的办法。

身着便衣的警察毫无阻碍地登门了，门开处，简直比幼儿园还热闹。小小的客厅里，座椅排排放置，吃食饮料图书和玩具五花八门，伸手就是，孩子们干啥的都有，但都在座椅上坐着。与幼儿园唯一不同的是，客厅另一端的桌子后面，钟爷爷正在指手画脚地讲话。不时地，在李奶奶的引领下，响起稀稀拉拉的掌声。

面对突然到访的人，李奶奶颇有些尴尬，钟爷爷则更加兴奋，继续滔滔不绝，从国际形势到国内动态，旁征博引，声情并茂。至于孩子们有没有在听，无关紧要了。

李奶奶把客人引到书房就坐，当警察亮明身份，就此展开质询时，李奶奶脸上忧戚隐现。李奶奶吐露真言了，老钟在位时，大会小会不断，视察参观不断，发言指示讲话不断，那一张嘴从来就没闲过。自从退下来之后，双眉紧锁，嘴唇虽开开合合，可一天吐不出一个字。好不容易逮到老伴或是孙子犯错的机会，像黄河决了口一样地刹不住。孙子不理那一套，李奶奶便想出个办法，答应孙子买吃买喝买玩具的任何要求，只要人不跑，坐在那听爷爷说就行。甚至不上幼儿园，一天到晚都在家。

　　孙子冒出一个主意，说，我一个人玩没劲，能多叫几个同学一起来玩吗？李奶奶拍手叫好，并拿出奖励措施，以激励效果。来的孩子越多，钟爷爷越兴奋，虽然感叹"会纪"不严，"会风"太差，但好歹那张嘴不再寂寞，又恢复了往日的神采，不亦乐乎。于是乎，报案的事便出来了。

　　此情此景，让警察犯难了，能如何处治呢？只好把安全和沟通问题一再重申，莫要误导了孩子云云，然后不了了之。

寂寞看门人

　　不知道什么原因，厂初建的时候就位置偏僻，整个经济开发区扩展到郊区了，它还在几乎没人烟的边缘。更不知道从哪天起，厂子就停产了，大门紧锁，野草茂盛，一片荒凉。要不是暑假里每天晚上陪妻子和儿子跑步，我是不可能到这里的，也就不会发现这个厂了。

　　无意间跟人说起，才知道，之所以停了产，是因为老板被人骗了，几乎大半个家当，一气之下动了刀，据说得坐不少年牢。心里不禁为老板抱憾，创立起这样一个企业不容易，一夕之间，就全毁了。实在是不值得。

　　再经过那个厂时，脚步不禁缓了下来，多了细细地瞅。咦！门卫室怎么有人影？办公楼前的杂草也去除了一块，大有延伸的趋势。我停下脚步，走到门边，刚凑到窗户旁边，一个苍白头发的老人的脸突然闪出来,吓了我一跳。

找哪个?

老人很警惕,话音有点山里人的腔调,但能听懂。我连忙说,没事,随便看看。我随口应付了一句,继续跑我的步了,老人还在门口向我张望。第二天我才发现,还有一个与老大爷一般年纪的老奶奶,估计两个人白天都没闲着,场院里的杂草已经基本没有了,乱七八糟的东西也已经归拢整齐,整洁的范围正在向若大的厂区推进。

几天后的傍晚,我有意停下来,想跟老人说说话。可老人似乎高度警觉,根本不给我机会,只好作罢。我在想,应该是老板雇的人吧? 要不就是亲戚。也的确需要看护,这地方太偏了,难得看到人的。

一晃,又是一年过去,暑假又开始了,家庭跑步计划再度启动。再次经过,我很惊讶,整个厂区除了没人上班,其它跟正常上班时一模一样,里里外外都清爽整洁的很。没想到,这个看门人如此敬业,工资应该付得不低吧? 正想着,迎面碰见老奶奶过来,一头白发在霞光里像是镀了一层光辉, 一个特大号的竹筐背在背上,里面是些矿泉水瓶、酒瓶和旧书废纸等,本就瘦小弯曲的腰身更显佝偻和缩成一团了,而且步履艰难。

老人家真勤劳,不是有看门的收入吗? 这么大年纪了,还这样辛苦。儿子说了一句:这老奶奶真可怜。

天天跑步经过,看到有老人在已经成为习惯,一连几天大门紧锁,不见人影,很有些失落的感觉。再见到老人,孤独地坐在门口,两眼发直,一脸的悲凉。接下来的几天,天天都是如此。老奶奶呢? 怎么不见了?

我忍不住多管闲事了,凑到老人身边,没话找话地说,老人家哪里人呀？天天呆在这空无一人的厂里,不急吗？老人不再有当初的戒备心理了,与其说是回答,不如说是自言自语。人老啦,什么都是空的。我感觉老人的话里有话,让妻子和儿子继续跑,我在老人面前蹲下来,递过一支烟,帮他点燃,深深吸上一口,浑浊的眼睛里空洞无物,看不出任何内容。

好长时间过去,我们才慢慢攀谈起来。原来,老两口无儿无女,是五保户,与这个厂的老板同一个村。早在一二十年前,老板每年都要送米面油衣服等生活用品给他们, 就像是自己的儿女一样。当老板出事的消息传到山里的老家,老两口痛哭流涕,抱怨老天不开眼,让好人受磨难。当听说老板的厂子没人照管时,毫不犹豫地来到县城,吃住在了厂里,当起了义务的看门人,帮忙照管和料理。在厂区一隅的空地种上菜,靠捡垃圾的一点收入维持生活,日复一日,就当作是自己的家了。

前些日子,老伴突然去世,料理完后事,老人就又来了。我沉默了半晌,说:老板刑满释放还早,您这样也不是办法呀。老人坚定地说:不管怎么样,得等他出来。我能做的,也只有这了。但愿这把老骨头能撑到头。

接下来的日子,我每天晚上跑步又多了一项内容,那就是坐下来陪老人说说话。这是我能做到的, 也算是健身的一项内容吧。

寂寞的路

说是一个村子，其实每家每户都不挨着，像老练的农民一把撒出去的种子，散布在不大的山坳里。地势最高的，或者说离山坳口最远的，是菜花婶家。要是不问路，不仔细找，都没办法看到那屋。

屋简单，三间，田里的泥巴拓成的砖坯，晒干，砌成墙。山里有的是树，砍下来，椽子檩条等就有了，一点人功而已。房前屋后，桃树梨树杏树枣树随意栽植，哪个季节都有绿荫重重，更有各色花朵鲜艳，果实累累，很是诱人。

常年累月的，大门口端坐一人。椅是山里常见的竹制躺椅，可放倒似倾斜的床，也可立起靠背成坐椅。椅上的人肥头大耳，仿佛一摊肉，也像一尊弥勒佛。只是坐着，从不轻易离开一步，偶尔站起，对着天空嚎叫，整个山坳都有震颤的感觉。湾里的人都习惯了，听就像没听到，这叫声每天都有，每天至少五六次。

这是菜花婶的儿子，打小开始，就是如此。只是小时候，没这么胖，体形没这么魁伟。那时，菜花婶轻轻一抱，就能搬进搬出，不像现在，两只手使出全部的力气，咬着牙，也只能挽着一只胳膊，一点点地挪动脚步。

菜花婶交给儿子两项任务，一是叫爸爸，二是盯着家门前的路。

爸爸已经会叫了，在十岁头上学会的。简单的两个字，儿子每叫一次，都特别认真。面色凝重，两片厚嘴唇用力地郑重张开，吐出特别厚重的爸爸的发音，配合着眼睛直楞楞地瞪视，能叫进你的心里去。除了爸爸这两个字，儿子什么也学不会了，菜花婶也不再强求。

路，得着重说一下。本来，菜花婶的家在山坳口附近的，湾子里最漂亮的四间大瓦房，是菜花婶夫妻俩辛辛苦苦盖起来的，还借了不少债。第一个孩子出世不到一个星期，夭折了。第二个孩子流了产。第三个孩子，也就是刚才说的整天坐在门口的那个，一岁多时，发现与一般孩子不一样，四邻的目光像针一样刺得无处安生，一狠心，才扔下漂亮的四间大瓦房不住，在地势最高的地方，也是离山坳口最远的地方盖起了那几间屋。

屋有了，还得有路。一开始的路，是菜花婶的丈夫修的，借着山势，曲里拐弯，这里的山坎削掉一块，那里搬来碎石泥土填平一下，像条蚯蚓，从家门口延伸下来，接上湾里的小路。单这段路，起码有六七公里，掩映在竹木丛里，不细瞅，根本发现不了。

除了菜花婶夫妻俩，反正也没什么人走。偶尔的村民上山做活，才会走上一回。也因此，那路一年到头孤单地躺在那，甭说人影，就是想说话也没搭腔的。

再后来，路是菜花婶加宽修整的。那一段时间，无论刮风下雨，菜花婶都在修整路。肩扛，手扒，镐挖，锹铲，一身的衣服全都汗湿了，脖子上搭条毛巾，脸上的汗往下滴了，就抹上一把，接着干。大石头砸不烂，搬不动，就从附近找小石头，不是扛就是挑，倒在路基上，再挖来泥土填充进去，一脚脚踩实。原先的蚯蚓，又直了些，肥了些，陡还是那么陡，但好走多了，在多远处就能看见，知道这是条路。

菜花婶交待儿子，眼睛盯着门前的路，看见爸爸回来，就叫爸爸。这话每天都交待一次,儿子不知是听懂了还是没听懂,反正只要菜花婶说一次,就紧跟着叫了声爸爸。

湾里的娃娃一向闲得慌,山里到处乱钻,偶尔顺着这小路上来,看个稀奇也是有的。人到跟前,菜花婶的儿子就叫爸爸,叫得娃娃们一窝蜂地哈哈大笑。有拿手里的棍子捅,有从地上捡土块和石子扔,更有那胆大的,还掏出小雀雀,朝着菜花婶的儿子身上撒尿。

别看他肥头大耳,却只知道嘿嘿地笑,引得娃娃们更开心,也更放肆。等菜花婶看到,冲回家来,已经一团糟。小家伙们一哄而散,只留下菜花婶泪水吧嗒吧嗒地滴,一边手忙脚乱地替儿子收拾。

菜花婶自己的目光,也始终粘在路上,无论在干啥,只要有一点闲暇,眼睛就瞄向了路。可是再望,也望不出个人影来,那条路跟自己一样孤单。

晚上的菜花婶,闭着眼睛,总要在脑海里把以往的事过一遍。舞厅里,迷离的灯光,妖艳的舞曲,自己一边伴舞,一边想着法子抵挡那些不规矩的男人的手;一个同样身在异乡打拼的男人,一个劲地盯着她,从不跳舞,还为她跟别人打了一架,住进了医院,说自己像他离家出走的妹妹;男人成了丈夫,一起回到男人远在山里的家,日子清贫但充实自在;一个同乡从城里回来,偷偷地向乡亲们说,说菜花在城里是做那事的,公公婆婆气得上吊,丈夫找同乡拼命,要他澄清,一失手,同乡的脑袋就开了花。

每个月的头一天,菜花婶都要翻越一个山头,到一座坟上烧些纸钱。那是丈夫特别交待的,虽然不情愿,但风雨无阻,就是冰天雪地也要爬去。

儿子又在叫,拼命地叫,这回叫得与以往很是不同。菜花婶听见了,也看见了,看见了小路尽头影影绰绰的身影,连滚带爬地下山。

门前桃树上的一只乌鸦凑上了热闹,嘎嘎地叫起来……

寂寞的节

太阳还没从西天告退,迎门的山就把厚重的阴影压在了小院上,凉意扑面而来,想躲都躲不了。

王书记急匆匆从家出来,快步横过马路,站到公共厕所的女厕门口,冲着里面喊:老奶奶,你可在里面?连喊几遍没人应,正要冲进去,邻居葛大妈来了,连忙拜托看一下,得知不在时,才急忙往儿子上班的镇政府而去。

儿子不在镇政府,王书记又走向街头,一步跨进儿媳妇的童装店,张嘴就问:看到你妈了吗?没呀。儿媳妇一边忙着做生意,一边回答。话音刚落,紧接着又一句:刚才大哥大嫂打出租车回来,是不是把妈接走了?

王书记一头的懊恼,一肚子的火气,没处可发,憋出一句:死老奶奶,走也要讲一声呀。叮嘱打电话确认一下,然后往回走,这回家的脚步就像捆上了大石头,迈不动了。

王书记退休前,是镇上的党委副书记,从八辈子泥糊腿到成为国家干部,在方圆几十公里也算是个人物了。谁都对他尊敬有加,也养成了说一不二的做人做事风格,那书记的名头一直在叫。老婆子突然失踪,把王书记给吓坏了,这是从没有过的。一辈子百依百顺,任其摆布,黄土埋到老颈了,倒翻了天。哼!

不用说,是给大儿子接到县城过中秋节去了。好!你们做得了初一,我就做得了十五,就算老子死了,都不要你们回来。

王书记闷着头,坐在客厅,灯也不开,黑暗里,只有烟火一闪一闪。不用打火机,一支接一支,一小会,脚底下就是一小堆烟头,等到小儿子一家三口进门,一屋子的烟,小孙子的手一个劲地扇也没用。都不说话,各忙各的,从没有过的静悄,直到早早地各自关了房门。

虽然一夜没睡好,王书记的脸上却堆出一脸的轻松笑意,主动地找话题,与儿子,与媳妇,与小孙子搭话。早上的菜是媳妇买的,买到家就忙,夫妻俩都在忙,小孙子在写作业。王书记一会进一会出,跑个没停,也不知道在忙啥。

间歇,王书记站在门口,身旁就是马路,随意地与邻居聊天,眼睛却一个劲地瞄向路的一头。每当邻居问到怎么没看到大儿子媳妇和大孙子回来,王书记干巴巴地哈哈一笑,说:都忙啊,连假都不放。现在的私人企业,唉!后面的叹息明显有些虚和夸张。

见儿子往桌子上拿酒精炉了,王书记到卧室拿酒。手犹豫了下,伸向两瓶茅台中的一瓶,取在手中,转身走到房门口,就又回转身,换了一瓶六年口子窖。

菜,满满地一桌,四个炉子在中间热气腾腾,四个人各坐一方,只有王书记一个人嘿嘿哈哈地扯东说西。小孙子不知道说什么事,点到了大孙子,王书记的脸阴了,没了声息。最喜欢的酒,再也喝不下,草草收场,一瓶酒还剩了大半。搁在往年,老夫妻俩加上两个小家庭,起码得开第二瓶。

晚上,小儿子一家到丈人家去吃饭,让王书记一道,随便怎么说都不干。儿媳妇只得热好饭菜,让王书记自己吃。

一轮圆月准时升起，冷冷地俯视着人间的欢乐中秋，把孤立庭院中的王书记引为了知音，热烈地围裹。指间烟火明灭，像是呼应着天上的明月，饭菜早已凉了，也被遗忘。难道，难道我真地做错了？

从过年到现在，大儿子一家不曾回来，是有原因的。根源就是王书记自己。早在大年三十晚上，每年例行的家庭会，王书记宣布了一个事，那就是：

家庭唯一的资产——房子，赠予给小儿子，还进行了公证。

大儿子懵了，就算是自己主动不要，至少也得先征求一下意见吧。这不是把自己给一脚踢出去了吗？犯了什么过错，被净身出户？

王书记说，你们反正不打算回来安家。这房子已经破烂不堪，得重新花钱翻盖，我已经没这个能力了，不如早早给你老小自己解决。我也跟你老小说过了，给你们留一间房，以后回来了有地方住。

王书记心里清楚，这理站不住脚。小儿子一直在催，说镇上要重新规划，门前可能要修路，必须抓紧翻盖，这是其一。其次，王书记早在盘算，大儿子下岗失业，在外打工，大媳妇在家照顾孩子，自个的生活都够呛，别指望能照应到父母；小儿子就在镇政府上班，铁饭碗，得想办法套住他为自己养老送终；千万不能到时候两兄弟扯皮，都不管。于是，两个人一拍即合，暗地里就搞了赠予协议，还公了证。

老婆子先是瞒着，等知道时，已经成了事实，气得一天到晚骂老头子和小儿子不是人。不再回来的大儿子说了，从此，他只认妈。

唉！王书记长长地叹了口气，这好端端的一家人，咋就成了这个样子呢？

十五的圆月冷清着脸,挂在中天,不声不响,它也是寂寞的。王书记想到了老婆子,此时,她在干么呢？不会也在望着月亮吧？

寂寞的等

那一处的荒草远异于周边,繁茂苗壮,遮天蔽日,像是极尽夸张地呐喊,试图引起外界的关注。

谁也想不到,荒草掩映之中,是一座瘫塌接近平地的坟墓。更令人不解的,坟墓是两个墓穴的设计,却始终空着一边,竖立的墓碑上,刻写着两个人的名字,其中一人只有生辰,死亡之期仍然空白。

一个与此有关的故事,在阴阳两界流传……

阳间

女人曾经是地主家的小姐,而且是唯一的宝贝女儿,宝贝的程度可想而知。因为宝贝,于女红之外,遍请方圆百里有名的私塾先生住家讲学授课。聪慧机灵顽皮的女娃,一点就透,一学就会,一透一会就慌了先生的手脚,顶多能坚持个一年半载就得换人。

男人来了,父母早逝,上无片瓦,下无立锥之地,唯有满腹诗书,却傲气凌云。本不想来,教授一地主家小姐,实在脏了诗书,虽一再盛情和高薪邀请而不往。当闻听多个先生口中女娃极为聪颖说法之后，好奇心起，抱着探究心理，犹犹豫豫前来。

这一来，就再也不走了。简直是天人，深深折服于天赋和悟性，比诗书更有吸引力。先还是教和授，逐渐地，基本上是相互探讨和交流，不敢再妄称老师。

如果只是单纯地教学相长倒也罢了，偏偏同为年轻男女，各具魅力，情窦初开，一旦心门打开，再也无法收拾。地主父亲发现苗头了，正待棒打鸳鸯，两人于月黑风高之夜私奔，从此再无踪影。

千里之外的偏僻之地，出现了两个外来客，准确些，是一对夫妻。一席草棚安家，有耕有读，慢慢扎下了根。恰逢全国解放，打土豪，分田地，一亩三分地养家糊口，成了本地居民。

一晃就是几年过去，两人相敬如宾，相濡以沫，几乎每一刻都在一起。转身间，若是不见对方，心里就落了空，急得手足无措。如果日子就这么过下去，这个故事非贴上幸福的标签不可，可事实偏偏背道而驰。

女人十月怀胎，就在分娩之时，大出血，孩子活了，大人没救过来。男人哭得死去活来，对天发誓：

你等着我，阳间为夫妻，阴间再续姻缘，生生世世只伴你一人！

坟墓特意打造成两个墓穴，一边葬下女人，一边空着。墓碑上，男人把自己的名字和生辰早早地刻写，只留下亡故的日期空白着。每一个晨昏，无论风雨霜雪，男人都要抱着孩子来到坟前，细细诉说。如同女人活在一样。

时光荏苒，在男人的辛苦培育下，孩子长大了，学有所成，扎根在了城里。无论孩子怎么劝说，男人就是不愿离开故土。

一个人的日子是孤独的，枯对日月，寂对春秋。隔壁的死了丈夫的祝嫂,正好也是孤单单的一个人,两人生活上相互照应,也是说话的伴。时间一久,谁也离不开谁了。在邻居们的极力撮合下,凑成了一家。

男人不敢到女人的坟上去,他怕面对女人。一想到女人,男人就咬嘴唇,坚定地自言自语:你放心,到了阴间,我还是你的丈夫。

这男人的命,也真的是苦。时隔五年,一场大病又夺走了祝嫂,男人又成了孤苦的一个人。这回,孩子不管三七二十一,半绑架似的,把男人带到了城里生活。日复一日,年复一年,男人适应了城市的生活,还上了老年大学,交往上了一帮老年朋友,诗词书画哪方面都有。

又一桩婚姻诞生了,可一起过日子不到一年,就因为性格不合,分了手。过了半年,又遇上了一个,这回牢靠了,相互搀扶着,一路走了下来。到男人八十岁头上,老伴才先他而去。双方儿女通情达礼,在公幕买好了两个人的位置。

男人自此开始,状况不断,医院去个不停,好多次几乎已经没了呼吸,却又活了回来。连医生都惊叹不已。男人苦不堪言,一个劲地求告老天,别再折磨自己,与其受那样的痛苦,不如死了。

这个答案,在阴间!

阴间

女人心不甘情不愿地来到阴间,心还在阳界,牵挂着男人。幸好有男人的誓言温暖着,下定了决心,就算是日复一日地受折磨,也要等到男人到来,结为阴间的夫妻之后,再投胎转世。

阎王不相信女人有那个毅力,明明有天堂不去,偏要受地狱之苦,更不相信女人能受得了地狱的磨难。可万万没想到的是,女人的坚韧和顽强让一向心狠的阎王也动了恻隐之心，破例允许等待，但如果男人不能兑现誓言，女人将永受地狱之难。

一等再等，苦等苦望，女人意志坚定。女人只有一个信念，那就是：

重复阳间的美好，两人再续姻缘！

只有阎王法眼通阴阳。目睹了男人的娶而再娶，就皱上了眉头，当男人一次次向奈何桥走来时，阎王大怒了，哪还记得当初的誓言？一次次将其驱返，督其清醒和回忆，可一次次以失败告终。

阳间能容之事，我阴界绝不许可；人间不义之人，我鬼界岂能接纳。只可怜那有情有意的女人，仍在幸福地领受着地狱磨难，何时是个尽头？

寂寞的正直

空了！

当搬家工作全部结束，只等着买家前来交接的时候，郑主任站在五百平米的空荡荡办公大厅，像一片荒凉的沙漠中一株孤伶伶的草。一阵阵伤感不由自主地裹挟全身，心随之颤抖不已，跟那年的心动过速一模一样，泪水不自觉地滑落成行。

整整五年了。郑主任简单算了一笔帐，一周六天班，一个班七个小时，还有节假日和星期天的值班，还有经常性的早来和迟走，除了在宿舍睡觉的时间，都是在这里度过啊。这里的什么东西不在眼里？即使只是少了颗螺丝和多了道疤痕,也能在第一时间发觉,并追查出原由。

此时,郑主任很想知道老板是什么感受,非常想知道。但搬家的这几天,老板一直没有出现,他应该更心疼才对。这一切的罪恶之源,不正是他自己吗？郑主任按了按自己的口袋,那里装着早就写好了的辞职报告,该是离开的时候了,已经不值得留恋。

不再愧对任何人,任何事,任何情,愧对的,只有自己！

郑主任仍然清楚地记得当初进入企业时的情景。省报头版上的一篇新闻报道,让颇具传奇色彩的同乡老板有耳闻转为敬佩和向往。一个小学文化的农民,从 300 元借款起步,闯荡京津沪,直至拥有数家企业上亿资产。这究竟是什么样的人物？郑主任很期待,期待着有朝一日用手中之笔去记录他的精彩,传扬他的故事。

机会真地来了,而且是成为其中一员的机会。郑主任从分公司的基层员工到办公室主任,再调到省城新成立的地产公司办公室,成为老板的身边人,鞍前马后,辛苦,也很得老板的信任。

郑主任你好！一声问好打断了思路。办公室的新主人到了,四五个男女一道,一进门,就像警察到了办案现场,恨不得连砖缝也要扒开来看看。

这墙上怎么有污迹？这热水器拆掉了呀。这地面你们要清扫一下,再交接。四五张嘴叽哩呱啦,吐出来的都是不满。郑主任不想理会,合同上怎么说的,就怎么办,没必要再废话和理论。

对方又提出了要求,要中央空调、办公桌椅等所有设施的原始发票,还要购买合同,还有当初装潢的工程图、装修单位和合同,否则不予接收。郑主任有些上火了,你买的可是二手房呀,都已经五年时间过去，保修期早过了，一千多万的整层办公室卖给你不到七百万，连当初购买毛坯的价格都不到，办公家具等等都是白送的，还想怎么样？我要是老板，打死我都不卖。

郑主任一摆手，正色道：你不接收行，我还有事要忙，请回。说着，手里已拿上了锁，准备锁门。明显是赶人走的意思。

人还没出门，手机响了，是文员小李打来的，说是电脑少了一台，其它东西暂时还没清查。郑主任气得牙齿直咬。都在趁机捞，连老板的亲戚也不例外，有的甚至明目张胆不择手段。自己只有一双眼睛一双手呀，顾得了这头，顾不了那头。

几个房地产项目刚开始陷入困境，一些潜在的矛盾就浮出了苗头。不能正确判断形势，盲目乐观发展；资金全面告急，靠高利贷维持；管理失控，拉帮结派，相互斗争，中饱私囊等等。张三这样说，李四那样说，不懂房地产的老板不知道该听谁的，谁都可靠，谁又都不可靠。最明显的例子是，几个从家乡带出来的人，包括几个亲戚，工资并不高，却都开上了私家车，吃香的喝辣的。拿着高薪的职业经理人，更是以专业的手段挖墙脚，然后拍屁股走人了事。

唉！企业竟然做到了这个程度，老板在郑主任心目中的形象一落千丈。能怪得了别人吗？从来不看书，不看报，只靠手机和嘴与外界交流，发展方向问题，用人问题，管理问题，罪过在老板自己呀。社会在发展，时代在进步，当下已不是靠胆大就能闯出天下的，时势易也。

老郑呀，家搬好了没有？手机又响了，是已陷入瘫痪状态的项目公司办公室主任老黄，也是老乡。又一桩欠债官司被告上省城的法庭，倒乐呵呵地，邀郑主任过去吃饭，让从办公室带一箱酒。郑主任说，我这的酒得见单发货，你知道的。老黄讥笑上了，公司都垮了,还认真管个屁用。就你看住几瓶酒几包烟,就能做大做强?

郑主任无语。以往,类似的拒绝不在少处,可换来的,只是同事们的白眼和冷落。我管不了别人,能管的,只有自己。凡我经手的任何事项,都必须是清白的。这是郑主任一再的自我安慰。唉!什么都变了,正直是在自毁前路,认真是不合群,善良是可笑。也罢,无愧于人,无愧于心就好。

走进自己一手操办的,设在住宅小区民房里的新办公室,到处都是凌乱不堪刚搬过来的东西,几个人都在电脑前趴着,玩游戏,聊天,干什么的都有。

把辞职报告交上去吧,交给我的任务,我已经完成了。

该是走人的时候了!

寂寞的刀

我家有一把日本侵略者的战刀,我爷爷缴获的!

从小,阿松逢人就神采飞扬地炫耀,说的仿佛不是一把刀,而是光宗耀祖的大事。细想想,也可以算是荣耀的,能够从敌人那里缴获战刀,起码是战场上的英雄之举,是抗日战争的有功之臣,阿松爷爷的形象一下子高大起来,连带着阿松都令人景仰了。

有好打破砂锅问到底的,会接着探究。你爷爷是解放军?你爷爷立过功?我能看看战刀吗?问号接连不断。

阿松挠头了，吱吱吾吾说不出下话来。这样的问题，阿松在很早以前就问过爷爷，从知道爷爷藏有一把日本战刀这事开始。爷爷面无表情，一支接一支地抽烟，当时很少见的卷烟，整个脸陷在迷雾里，什么也看不清。

阿松又问爸爸，被狠狠训斥了一顿，说小孩子不要管那么多。训斥也阻挡不住阿松的追问，还是训斥，要么就是一句：

你问爷爷去！

渐渐地，阿松知道，自己家不是军属，爷爷没有当过解放军，只是个不识字的农民。也没有获得过什么军功章之类的荣誉。而且，日本侵略者根本就没有到过这大山里。叫这日本战刀是怎么来的呢？经不住阿松一再地追问，爷爷只是随意应付式地点头，不管怎么样，肯定是爷爷亲手从小日本侵略者手里缴获的，阿松坚信。

于是，阿松拿出编故事的本领，把从图画书上看来的情节，按到爷爷头上，说得头头是道，天花乱坠。越说，胸脯挺得越高，头昂得越高，仿佛说的是自己的经历，倍受小伙伴们的崇拜。

阿松答应小伙伴们，找机会，把战刀偷出来给大家瞧瞧。可这样的机会，始终没有。尤其不能理解的是，阿松在家一提起战刀，爷爷和爸爸就会皱起眉头。估计是受日本侵略者的伤害太深了，他们不愿提起吧。可能。

阿松当兵了，然后是复员，成了一名公安干警。无论在哪，那把日本战刀的故事，都生龙活虎在阿松的嘴巴上，谁都深信不疑。

爸爸突然要到日本去旅游，阿松旗帜鲜明地提出反对。什么地方不能去，为什么非要去日本呢？爸爸说，中日人民是友好的，何况，中日两国早就帮交正常化了，难道仇恨还要记一辈子？

阿松问爷爷是什么意见。他想,爷爷是当事人,是最直接的受害者,他一定会支持自己。已经白发苍苍的爷爷,不发一言,也看不出任何表情。好长时间的沉默,然后是一声沉重地叹息。

爸爸还是去了,回来的时候特别兴奋,还带了一些东西,和爷爷躲在房间里,嘀咕了大半夜。

抗日战争胜利纪念日快到了,有好几个地方都在征集与抗战有关的证物。阿松突然想到自己家里的日本战刀,那不正是最好的日本侵略中国的见证吗?说不定,上面还沾有中国人的鲜血呢。也是老百姓抗击日本侵略者的坚强有力的佐证。

阿松很正式地向爷爷和爸爸提出了捐赠的要求,语气之强烈,不容置疑。

晚年以后,一直喜欢坐在门口远望的爷爷,又抬起了远望的目光,眯缝着,但坚定地在望。夕阳从西山洒出金辉,围裹着爷爷,逐渐暗淡,成为黑黝黝的一团。像是一尊雕像,名字就叫做凝望。

爸爸在爷爷的示意下,从爷爷腰间摘下钥匙,默默打开爷爷阴暗房间里秘不示人的小木箱,拿出阿松念叨了几十年的战刀。阿松有血脉贲张的感觉,眼前好象出现了当年日本侵略者烧杀抢掠的残酷画面。

你是日本人的后代。你的爷爷,当年就是侵华日军的一员。

阿松惊呆了,像是黑暗的巨大天幕突然砸下来,把自己砸了个粉碎,砸得没了意识和思想。这怎么可能呢?不!绝对不可能。

爸爸继续平静地说,不同的是,你爷爷被俘后,良心发现,得到宽大处理,恰逢日本战败,从此隐姓埋名来到这深山里生活。

这太出乎阿松的意料了,一时之间,无法接受。难怪爷爷每年的清明日,要出山到一个很远的烈士陵园长跪祭奠;难怪爷爷从来不愿透露这战刀的来历和故事，甚至不愿提起；难怪爸爸非要到日本去旅游，应该是受爷爷之托；难怪；难怪。

历史是藏不住的。你爷爷已经背负了一辈子的忏悔和愧疚，一辈子生活在痛苦和悔罪当中，从我这一代开始，必须正视历史，面向未来。历史不容篡改，但不可以是枷锁。战刀你捐赠出去吧，是否有勇气面对，是考验你的时候了。

那一晚，阿松与一把锈蚀不堪的战刀面对面，彻夜未眠……

寂寞的钥匙

与日本客户的通话一结束，正好老板牵着女儿的手进来。女儿边走，小嘴巴翘着还在跟老板较劲：

你犯错了，就应该承担责任！

这么大的好消息，必须立即告诉老板。五千万的大单呀，而且是长期合约的第一笔，款先到，后发货的。就等着老板和客户见面签字。

老板的另一只手在把玩钥匙。这钥匙我熟悉，老板没事的时候总在玩，很普通的老式挂锁钥匙，我小时候的农村老家也有这样的锁。已经被老板磨捏得溜光水滑，格外发亮，始终用一只钥匙扣挂在腰上，从不离身，实在是不伦不类。

老板听完我的汇报，没有一点点喜色，甚至连一点反应都没有。相反，倒能看出几分沉重和忧戚来。

突然，老板说话了。走！我们去一趟安徽。

这订单？我怀疑自己听错了。一直玩命似地工作的老板，置五千万的订单于不顾？遥远的安徽也没有业务往来呀。

正赶上国庆假期，动车票早就一抢而空，老板、驾驶员和身为秘书的我，三个人轮流开车，人歇车不停，日夜兼程。一路上，老板一句话都不说，我和驾驶员也就不敢多语，小小的车厢里沉闷的空气压抑得都快要爆炸了。

下了高速，接着是省道和县道，再然后是坑洼不平的黄土路，颠得我吐了好几次。奇怪的是，老板好象很熟悉似的，根本就不用问路。只依稀听说老板是孤儿，老家在安徽，难道这是在回家？心里这样想着，却不敢多问，偷偷观看老板的脸色，还是沉重和忧戚，其它什么也看不出来。

前面到了一个拐弯，拐弯处有一条细细的小路伸向山坳的里面。老板把车停在路边，什么话也不说，下车就走，我们只好跟在后面。

小路先还比较宽，顺着一条小河和山脊慢慢往上，勉强能并行两个人。走着走着，一个人走在上面，脚都会碰到路两旁的乱草，山势也越来越高。我实在走不动了，驾驶员也是，气喘吁吁，紧跟几步，慢下一截，再紧跟几步。很奇怪地是，老板如走平地一样，速度始终很快，让我们自叹不如。

遥遥地，能看见山林间的屋子了，心里一阵欣喜。走到跟前，老板没停步，还在往上走。又翻过一座山坎，老板的步伐才缓了下来，一步一步，脚步明显变得沉重。

老板的脚步终于停下了，迎面，是散乱分布着的几栋老屋。黄土的墙，灰黑的瓦，看不见人，也没有一点生气，像绿色山野上的几块疮疤。

老板走到其中一栋最破烂的老屋面前，久久地站住了。那真地是非常破烂,屋顶上的好多瓦已经没有了,露出了木头椽子,有个檐角已经堪落下来,窗户上原先蒙的是塑料皮,已经成了飘飞的碎片,屋子四周全是丛生的杂草,下不去脚。

大门也是残缺的,透过门缝,能看见黑压压的里面。大门没关严,但铁丝扭成的门扣上却挂着一把锈蚀不堪的挂锁。老板一步一步,迟缓滞重地走到门前,从腰上解下那把钥匙。难道,那把钥匙……

只见老板把钥匙插进了锁孔,左右扭了几下,竟然真地打开了。锁在手中,手在颤抖着,推开门,站在了一股霉味扑鼻的屋当中。

石娃子,你终于回来了,二十年了呀! 你死去的爹妈合不上眼啊。

一个挂着拐棍的白胡子老人, 不知什么时候站在了我们身后,一句话颤颤地说出来,老板已经泪流满面。

随着老人的讲述, 我才大致知道了一些老板离开家乡前的事。顽劣,打架闹事,一刀把人捅了个半死。父母打他骂他,让自首,不听,一走了之。这一走,就是二十年。父母在等,他们相信儿子会回来,犯了错就会认错和悔改,然后重新做人。老板一句话没说,一直在听,脸上的泪水从没断过。

老人说,青壮年们都出门了,有的全家搬到了城里,就我们几个老头老太还守在这里。你再不回来,只怕连爹妈的坟在哪,都不知道了。石娃呀,你走后,你爹妈没脸见人,生不如死,死不瞑目呀。

老板写了份委托书交给我,然后自首了,随身带的,只有那把钥匙。还是那把钥匙。

寂寞的夜

格嘟嘟——

一串清脆的声响,像子弹击破了黑沉沉的夜晚,又在瞬间复合,宁静如初,厚重如初。

残白的月牙,从乌黑的云团里探出朦胧的目光,在高高挑起的檐角上稍稍驻足,又缩回了黑白的梦乡。如同这参差的白墙黑瓦,永远隐映在丛山竹海中间,独自成徽州。

刚才的声响,是徽娘用力撒出去的铜钱,与光滑的青砖地面碰撞所发出的。公婆早就睡了,这夜复一夜的声响,他们早已麻木,如果突然消失了,才会感到奇怪。

无须灯光的映照,徽娘的三寸金莲,无声地在地面上踏出冰冷的朵朵莲花。每移一步,弯下瘦弱的腰身,竹节般纤细的右手,由身前的地面摸出去,摸着一枚铜钱,轻轻捻起,捡回来,塞进左手掌心。再伸出来,周而复始,直到刚才撒出去的铜钱全部归拢左手。然后,再撒出去,再捡回来。

能听见自己粗重的喘息了,腰身再也弯不下去了,一双手已抖颤不已,这才颤悠悠歪向冷寂的床,一头倒下,直到天亮。

徽娘信了,父亲当年的话犹在耳畔,由刺耳变得暖心,可惜已经迟了。手中的铜钱一个个光滑如镜,徽娘认了,这就是命吧,铜钱命。

徽娘本不是徽州人。父亲是私塾先生,在尊师重教的徽州开馆讲学,深受拥戴,一家三口便常年定居,慢慢成为了徽州人。从小就聪慧秀美的徽娘,最喜欢这一片地方的宁静和淡雅,青山,绿水,秀竹,高高的屋,白白的墙,黑黑的瓦,翘翘的檐,怎么看都是一幅画。这屋子,为什么要这么造呢?

徽娘每有到人家做客的机会,站在方方正正的天井里,仰头望上面方方正正的蓝天,看偶尔飘逝的白云,看一闪而过的鸟。要不,就乐颠颠跑上高高的绣楼,装作抛绣球的样子,或者是端坐在美人靠上,把自己想象成徽剧里的小姐。父亲只是摇头,谁叫是自己的掌上明珠呢,一点顽皮而已,由她去吧。

当那个文静俊朗的学生家派媒人前来说合时,面对一脸娇羞喜色的徽娘,父亲皱起了眉头。那是当地小有名气的盐商家庭,条件自然不差,男娃也品行端正,好学上进,可……父亲沉吟再三,委婉地回拒了。徽娘的小嘴翘上了,平日虽交往不多,却早有眉目传递,那正是自己喜欢的人呀。

父亲一坐就是半天,像案桌上的座钟,一杆旱烟吧嗒吧嗒不止。娃,你听过这民谣吗?"前世不修,生在徽州,十三四岁,往外一丢。"这徽州的男人,没几个是待在家里的呀。徽娘把头一扭,说,男人就应该在外面做事呀,待在家里才没出息呢。

唉!父亲的叹息能在地上砸出坑来。你看见那些贞节牌坊了吗?那就是女人的一生。徽娘有些似懂非懂,俏皮地一笑,说,能流芳千古也不错哟。父亲沉默了,直到徽娘睡了,还坐在那,明明灭灭的烟火企图点燃黑夜,却无能为力。

当归家的盐商亲自登门提亲时,父亲沉重地点了点头。临出嫁的时候,母亲把一包铜钱郑重地交到徽娘的手里,徽娘笑了,问这是什么意思。母亲含着眼泪,好半天才说出一句:以后会明白的。

过门不到半年,徽娘就明白这包铜钱的用途了。丈夫随同经商的父亲去了杭州,一去就是三年,回来待了几天,又是四年。周而复始,能够陪伴徽娘的,只有这日日磨捏的铜钱了。

常常的情况是,婆婆在那屋,徽娘在这屋,空荡的房屋里,只有遥相呼应的扔铜钱声响次第登场。

徽娘哭过,无声地哭。被人看到,是会笑话的,只有躲在黑暗里哭,躲在冰冷的被窝里哭。白天,徽娘还是那个开朗勤劳的徽娘,伺候婆婆,操持家务,上山下田,什么都拿得起,什么都让人竖大拇指。

儿子出世了,徽娘忙得没有一点空闲,晚上也是。可只要看到挂在床头的那串铜钱,还是习惯性地取下来,重复几回一如既往地动作。如此,心才会平静。

一晃,儿子大了;一晃,儿子也出了门;一晃,丈夫病故;一晃,公婆去世,只剩下徽娘一个人在家。再一晃,徽娘已经老迈龙钟。

格啷啷——

每到夜晚,声响依旧出现,只是迟缓滞重了很多。那夜,被瞬间地击破之后,又完好如初,浓重而又深厚,如铁板一块。

徽娘交待儿子,待她死后下葬,棺木无须讲究,不要任何陪葬之物,坟头不必隆起,唯要求将那挂陪嫁的铜钱握于手中。

九泉之下,那铜钱还是会用得着的吧?

寂寞的守候

圆圆的月亮挂在了树梢上，像丰年里结出的硕大果实，更像娃娃们点燃的灯笼。又不太像，果实和灯笼可没这么清冷，唉！

这样的时候，首先到我这占地方的，是老委员。他是村里唯一的共产党员，当了一辈子村支委，喜欢喝两杯，好唱个小调，没脾气，也从不得罪人，就定格在支委上。

没退的时候也来，回来不进家，先到这坐下，唠唠新政策，刮刮新形势，对年轻人讲讲计划生育，给孩子们说说知识重要性。这一退下来，家里待不住，没事就坐在这。有时，几个人凑上几个菜，小菜都行，摸瓶酒，能喝到月上中天；有时，张嘴就来一段小调，词是现编的，能逗得大伙哈哈大笑；也要嘴皮子，不过改为讲故事了，啥故事都有，有的还带点荤。把娃娃们听得似懂非懂。

我喜欢老委员，有他在，我就被热闹包围着，谁家也比不了。老委员家的门好几年没开过了，那在城里发了财的儿子，真留住了他？临走的时候，还在我这坐了半天，摸着我的脸说，会回来的，舍不得我呢。

夜凉了，更凉的是我。月亮躲进了云层里，偷懒睡觉去了，星星跟着学坏，瞅不到几个站岗放哨的。这时候，应该是寡婆在陪着我。

寡婆命苦，年纪轻轻就死了丈夫，一个人辛辛苦苦把女儿拉扯大。女儿争气，考上了大学，在城里工作，然后又在城里安了家。先还一年回来一两趟,慢慢地,两三年才回来一趟。让寡婆去,寡婆不愿意,说一个人清静,习惯了,其实是怕拖累女儿。

白天里,这儿总不断人,只有到了夜半,寡婆才会杵着拐棍过来,坐上老半天。寡婆面对的,是村子通向外面的脐带,白天也看不到尽头,这样的晚上更是黑乎乎一片,啥也看不见。可寡婆的眼睛瞪得大大的,一眨也不眨,额头雪白的发丝拂过来荡过去,可干扰不了寡婆。唉!我在心里默默地长叹。又想女儿了,可怜的寡婆。

到底还是熬不住,一病不起的寡婆硬给抬走了。据说,活得挺硬朗的,一个劲地要回来,可女儿就是不让。

夜真漫长,总算亮了。听不到鸡叫鸭叫猪哼牛叫,真不习惯。连小鸟的叫声都稀巴巴地,都跟人一样,也跑到热闹的大城市去了?

以前这时候,最先到我这报到的是春妞,胳膊弯里挎个割鱼草的竹篮,怀里揣着书和本子。往后偷偷瞄一眼,趴在我的上面,匆匆写上几行。等割了一篮鱼草回来,再趴在我身上,认真地写。直到妈妈远远地叫,才迫不及待地收拾回家。

难为春妞了。下面一个弟弟一个妹妹,边上学,边干家务,还得带弟弟妹妹。家里一天到晚不得安静,哪有写作业的时间和地方,我这倒正好用上了。

先是爸爸妈妈出门打工,接着是把弟弟带了出去,再接着是妹妹和她。也不知道怎么样了,好多年了,也没见回来过。还会回来吗?好喜欢春妞趴在我身上写作业的样子。

太阳还是那么毒,我都给它炙得发软。幸好有老槐树在旁边,一到中午,就把我罩得严严实实,要不,别想眯会觉。

天天在我这睡午觉的,是匡叔。家里人口多,老老小小七八口，老伴的一张嘴还唠叨着不歇，最看不得匡叔闲着。一扭身出门，就奔我这来了，往我身上一躺，那呼噜就跟知了比上赛了。

看他那个好睡样，我就想笑。这男人太忠厚了也不行，会受女人摆弄，别想过安生日子。除非讨个贤惠老婆，只知道干活，话金贵，不嫌男人。哈哈！在这村里，就是再贤惠的女人来了，也得泼起来，风水问题。

匡叔也出了门，两兄弟一起在外面承包了什么工程，干得不错。两家人都跟着出去，各有分工。不知道现在是怎么午睡的，有了能耐的匡叔，应该不会受老婆的气了吧。

日头偏西了，娃娃们快放学了。这个时候，五爹和苦嫂会分坐在我的两头，一个搓麻绳，一个纳鞋底，有时说上句话，有时什么都不说。村里有人议论过，两人的儿女也闹红过脸，有好长一段时间，两人没一起出现。直到儿女都出了门，村里人越来越稀少，才又分坐在我的两头。

唉！都是半道上失了伴的人，要是真能凑到一起，也是好事呀。可偏偏五爹长了苦嫂一辈，叔子和侄媳妇，算么事呢。

不久，两人分别被自己的儿女给带出了门，肯定是不会在一块了。他们应该都还记得我吧？

没见几个萤火虫打着灯笼照旧了，青蛙的叫声也稀稀拉拉，一切都安静下来，连河水也没了欢快的劲。有几个不是光着屁股在我身上滚大的，有哪家的事我不了解得清清楚楚，有哪个跟哪个的小恩怨我不知根底，埋在土里的，刚出世的，生辰八字我都记得明明白白，那鸡毛蒜皮更逃不出我的眼。还有那一挨打，就躲到我这来的阿黄阿黑和小花……

别看我只是一个石条长凳，我的年岁可和这村子差不了多少。好了，只剩我在守候了，究竟守候什么，有时候我也犯糊涂，可还是在守。那些个屋,不能空;那些块田,不能丢;那些个祖坟,不能忘啊。

总会回来的吧?

寂寞的楼

楼从图纸上诞生开始,就得意非凡,得意得让全城的楼低下了高傲的头。虽然还没有真实的形体,能够看到和触摸,但楼觉得,自己已经盛大问世了。

不能不佩服楼强悍出世的速度,一眨眼,一片荒凉之上剑指蓝天,能戳到蓝天的心窝里去。那君临天下的气势,仅次于高挂中天的太阳。

可没自豪几天,就失了水一样地干巴。我是新建的楼呀,豪华的程度全城无可匹敌,金贵的身份令世人仰慕,怎么就没人喜欢和亲近呢? 没人居住的楼房,还叫楼房吗?

正在气愤、郁闷和疑惑的当儿,有人来了。两个,趁着夜色,偷偷摸摸来的。一来,就安营扎寨,没走的意思。虽然只是未经许可的免费堂皇入住,好歹是有人来住了,楼略感欣慰。

深夜出去凌晨回来,白天睡觉,有点异于常人。黑灯瞎火地,一摸不挡手,每天空着手出去,回来大包小包肩挑背扛。床有了,被子有了,电视机有了,电脑有了,啥都不缺。真牛! 这是哪门子好职业呢? 估计做上几年,就可以买下我了。

没到一个月,公安来了,把楼围个水泄不通,两人给拷走了。

竟然是贼。楼感觉脸上特没光彩，仿佛自己也成了同伙，连着生了好多天闷气。

短暂的冷清过后，又有客人光临了。这回是一男一女，就着傍晚的朦胧，探头探脑过来，一样地慌里慌张东张西望。不会又是贼吧？楼皱起了眉头。

一进到楼房，男人一把抱紧了女人，迫不及待啃嘴，女人积极地回应，一瞬间，两人的衣服全都扯了个光，赤条条滚在了一起，翻来覆去。好一伙，停了，急匆匆穿好衣服，趴在窗口四处望，确定没人，这才靠在一块坐下来说话。

这楼房是我盖的，漂亮吧？男子很自豪。

再漂亮管啥用，又不是我们的。女人不屑。

我迟早会在城里买房的，迟早！男人很坚定。

这楼房盖得这么好，干么要空着？好多人还没房子住呢。女人转动着眼睛，仔细地瞅。

贵着呢，不是谁都买得起。

两人沉默了，好半天不说话。我们应该去住旅馆。男人不是第一次说这话了。女人说，算不错了，一个月见一次。二楞老胡的老婆在老家，一年才回家一趟。这里就是我们不花钱的旅馆。女人仰起了脸，还透着绯红的脸颊汪着幸福。

从那开始，男人和女人真地一个月来一回，具体时间不固定。楼好期待，好像是自己和人约会，特别渴望那一刻的到来。差不多到了一个月的时间，楼就精神振奋，以饱满的热情迎接。

不好！有情况。

一辆轿车慌不择路地刹车，一个蒙面男人下车，从车里拽出双手绑在身后嘴巴贴着胶带的男孩，直接冲了进来。

男人恶狠狠地掏出手机，猛按几下，开始大叫：姓苟的，你儿子现在在我手里,要死要活,由你选择。什么时候把欠老子的三百万凑齐了,乖乖地还给我,保你儿子平安无事。否则,我就叫你断子绝孙!

小男孩一直在哭,像蚊子嗡嗡,不敢大声。他已经领教了男人的厉害。男人撕开胶带,把手机对准他的嘴巴,爸——小男孩哇地一声爆发出来,把楼震得一晃。男人连忙又贴上胶带,然后躺在那,慢慢平复风箱似的胸腔。

楼关注着,眼眨都不眨。楼在祈祷,最好别有什么事发生。

男人接到电话,钻进车里,呼啦一下,车后扬起一片灰尘。一天,两天,男人还没回来,也没其它人来,楼很焦急,这样下去,没吃没喝的小男孩会死掉的。楼眼睛都望巴了,总算看到有个人影晃悠。楼想大喊,吸引那人影赶快过来,只可惜发不出声音。

人影近了,蓬头垢面,破衣烂衫,是个叫化子,可能也是神经病。楼管不了那么多,只希望他快快进来。叫化子看到男孩的一刻,呆住了,轻轻地,一步步靠近,摸摸脸,拧拧耳朵,然后迟缓地抱起男孩向外走,直到走远。

一个下午,楼都坐立不安。天晚了,远处的灯火热闹起来,那个叫化子回来了,晃晃悠悠地,边走边大吃大喝,一脸地幸福。吃完喝完,往那一躺,呼噜就出来了。

唉!男孩应该是平安了吧。楼也想睡觉了,跟叫化子一样,无忧无虑地睡。

寂寞的桥

青天村和孝肃村之间有条河,河宽数十米,河上简易木桥每遇汛期洪水暴发,就是一次考验。有几次被冲得无影无踪,两村只好一起动手重新架设。

据说,这两村在很早以前是一个村子,是中国历史上以清廉著称的包公的诞生地,因为行政区划设置才一分为二,所以取名为青天和孝肃。祖先遗训的碑刻一直都在,每到包公诞生日,都要集会重温,成为盛大的节日。也因此民风纯朴,敬老爱幼,和睦相处,好学上进,出了不少人才。解放后,出的最大的官是一省之长,问题也出在这个省长身上。

在省长还没当上省长之前,几乎每年回来参加包公诞生日活动,就是不想回来都不行。家族里的长者,会一个个电话催促,直到回来为止。可随着官越当越大,电话不接了,然后是停机,没人能和他联系上。

好不容易回来了一次,站在河边,不敢过河上的木桥。皱着眉头,黑着脸,当时就打电话。第二天,一大班车辆人马驻扎在了河边,轰轰烈烈地开始建桥,水泥大桥。不到一个月时间,大桥建好了,宏传气派,像一条彩虹落在了河上。村民们喜笑颜开,不只是方便,在桥上还闲逛聊天成了休闲的方式,成了一道从没有过的风景。

有一些人起哄着在桥头竖了块石碑,把省长的光宗耀祖和造福家乡的功德大大赞颂了一番，名曰孝贤桥。只要从桥上过，就能看到。有村民说，那是激励，对后生晚辈的激励。

总有几个老人，从建桥开始，就坐在远远的地方看，吧嗒着旱烟，沉默得像块石头。年轻人不把他们放在眼里，享受生活才是主要的，他们已经落伍了。

突如其来的一天，一个消息像霹雳从天而降，把两个村子的所有村民砸得没脸出门。就是在家里，说话的声音都小了，浑身不自在，也没了笑容。

怎么会呢？他俩同样也是包公的后代呀，省长家在青天村，省长夫人家在孝肃村，从小诵读着祖宗的遗训长大的。可一段时间过去，报纸电视上都纷纷报道了，因为贪污受贿等罪行特别严重，数额特别巨大，给国家造成不可估量的损失，双双判处死刑。

河上的桥一夜之间没人走了，冷清了下来。有年幼的孩子蹦蹦跳跳着刚要靠近，被父母一声断喝，硬给拉了回来，头上还挨了两巴掌。不但不走，看在眼里还特别胀眼窝心，可想躲都躲不开。

再过河时，宁愿绕行好几里路，也不从桥上走。那桥，成了寂寞地摆设，还时时刺激着所有村民的神经。

两村的老村长，也是包氏家族的长者，召集全体村民开会。一个不拉，全都到了，规规矩矩地坐在那。可没有一个人说话，都沉默着，只听见粗重的呼吸声，听见旱烟的吧嗒声。有个中年男人坐不住了，提议说：把它给炸掉吧，眼不见，心为净。有人反对，说：那是国家的钱建造的，不能罪上加罪。男人急了，大叫：可那是我们包氏家族的耻辱啊，一看到它，就抬不起头。

两个老村长头靠在一起，嘀咕了两句，其中一个说话了。犯罪之人已经接受法律的惩罚，为包氏家族清理了门户，但孽已造,也可以是压在心头的警示。我们是不是可以通过其它的方式把给国家造成的挽回来呢？比如,我们自己出钱,把造桥的钱给国家还上。这桥,就等于是我们自己造的了。

这个主意一出来,一下子热闹了,都七嘴八舌地说行。现场表决,全部同意,立马开始行动,一方面专门派人到政府了解建桥费用情况,一方面成立财务小组,负责收集各家各户的钱。好多人家,特意从银行贷出款来交上,仿佛交上了钱,心才安,头才抬得起来。

不出一个星期,建桥款就筹集齐备,写就一封致人民政府的信,每人签名捺手印,呈交给了当地政府。

有人觉得还不够,把原来的碑刻倒过来放置,再在旁边重新设置一块石碑,上刻耻辱桥三个大字。

桥不再寂寞了,但不是往日的热闹,走在桥上的人,没了欢声笑语。脚步在桥上,心在两块碑,细细诵读,比读祖宗遗训还上心,还入心,还沉重。

寂寞的清醒

阿五的运气不错,一毕业,就被一家规模不小的民营企业集团给录用。阿五很得意,在微信里发了一张站在集团大门前的照片,挺胸抬头,那气势跟以往的阿五大不一样。

阿五上班了,网络管理员,隶属办公室。计算机专业,从事网络管理倒专业对口,薪水不高,但比起一直没找到工作的同学们,阿五很知足。

第一天班,接受新员工培训。学习规章制度,听企业发展史的讲解,看企业宣传片等,阿五这才知道,老板是同乡,一种亲切感油然而生。临到下班,老板带着客人去酒店吃饭,经过办公室,把办公室的几个人全叫上了,包括阿五。

阿五好兴奋。第一天就有接触老板的好机会,一定要好好表现,给老板留下好印象。阿五的身体坐得笔直,面带微笑,老板一讲话,就全神贯注两眼直视老板,认真地听。筷子只是偶尔在面前的菜碟里夹上一下,几乎看不到嘴唇的动作。

老板知道阿五是新员工,特意先敬了一杯酒,这让阿五很受宠若惊。看着同事们一个个"打的"跑到客人和老板身边,躬着身子敬酒,也学着做。几杯下来,头有些晕了,但坚持保持着清醒。

阿五发现了一个问题。别人都用公筷夹菜,唯独老板用自己的筷子,而且老板还把筷子搞混了。阿五迅速地站起来,拿起菜碟上本属于老板的筷子,快步走到老板身边,把老板跟前的筷子给换了回来。

筷子搞混了。阿五小声地提醒。虽是小声,但全桌的人都能听见。老板的眉头快速地一拧,马上像没事一样,继续和客人说话。阿五心里乐滋滋地,庆幸自己反应快,抢先救了场。

过了会,同样的事情再次发生,阿五又重复忙碌了一遍。从那开始,老板连眼睛的余光都没扫一下阿五。接下来是第三次。

当天晚上,阿五就接到了办公室主任的通知,让不要去上班了。

阿五不解,打电话请教爸爸。爸爸叹了口气,想起阿五小学时的一件事。老师在黑板上演算的一道题错了,阿五呼啦一下站起来指正。老师问其它同学,我算错了吗? 所有同学都回答没有错。阿五不依不饶，下课铃响，跟着老师到了办公室，非让老师承认错误不可。

爸爸说，没事，人生难免有挫折的。重新再找好了。这一找，就找了将近一年时间。阿五急了，全家人也急，帮着四处托人。好不容易一家建材商行要人，所有的人都挂名经理，说白了就是业务员。

先干着再说吧。

一段时间下来，阿五严重不满了。早上七点上班，中午吃工作餐，不让回家，不给休息，晚上六点下班，一天下来十来个小时。最可恨的是，星期天也不休息，连法定假日都不。有事只能请假。

阿五鼓动大家一起去跟老板讲理，太不符合《劳动法》了，多余的时间得付加班工资。临走到老板办公室门前，只剩下了阿五一个人。硬着头皮，阿五把自己的意见全说了出来。老板一边玩着电脑游戏，一边好像听。等阿五说完了，答了一句：你可以另谋高就，我不拦你。说完继续玩游戏。

阿五真辞了职，趁着没工作的空闲，回乡下家里待待。

村里在选村长，阿五为自己正好赶上投票的机会而高兴。爸妈叮嘱阿五，本家四叔打了招呼，让投他。他和乡长是两姨，又是个有钱的小老板，做个顺水人情。

阿五心里一咯噔。虽是叔，却是光屁股一起长大，逃学，打架，偷鸡摸狗，坏事做尽。听说修路要从湾口过，硬逼着人家把山承包给他，数十万的补偿款便进了他的腰包。狗屁老板，就是强买强卖。这样的人，也能当村长？

阿五没选他，整个庄子就阿五一个人没投他的票，但他还是当选了。四叔从家门前过，冲着门里狠狠地哼了一声。

爸爸发火了,少见地发火。

娃,你到什么时候才能长大呢?难道就你的眼睛是亮堂的?

阿五想吱声,又没说出什么来。他实在不知道该怎么回答,替爸倒了杯茶,默默地回房里看书去了。

寂寞的花

又到了教师节,小学三年级学生苦菊低着面黄肌瘦的小脸,怎么也晴朗不起来。

去年的一幕像赶不散的乌云,一直笼罩在苦菊的脑海:

教师节前几天,同学们三个一伙,五个一帮地商量,要送老师什么礼物。苦菊是班上的学习委员,成绩始终是第一名,从不参与。不是因为她学习好,而是实在拿不出买礼物的钱。

自从父亲遭遇车祸去世以后,本来就有病的母亲悲伤过度,病情更重了,躺在床上起不来。田地都荒了,没人干,也请不起人,一家人的生计,全靠奶奶捡破烂卖点钱维持。要不是学校免除了学杂费,苦菊连学也上不了。

苦菊虽然远远地避开同学们的商讨,但一双耳朵努力地留意和听,心里像有一面小鼓在七上八下地敲。唉!大多数同学都准备买礼物送了,自己该怎么办呢?

回家的路上,看到路边的山上盛开着许多红色还有紫色的映山红,主意来了。把手袖一卷,向山上钻去,天快黑了,才乐滋滋地抱着一大捧鲜艳的映山红和喷香的兰草花回了家。把家里能找到的瓶瓶罐罐都翻了出来,装上清水,捡出那些正在盛开和将要绽放的花苞,小心地养起来。

　　教师节的前一天下午放学,苦菊等老师和同学们都走了,快步绕到学校后面的小水沟,把中午带过来隐藏在这里的花一扎扎捆好,里面还配上绿叶,既香又好看,捧到学校,放在几位任课老师的办公桌上。

　　那一晚,苦菊怎么也睡不着,眼前总是老师们看到鲜艳的花时的激动和喜悦。第二天中午,苦菊就送作业本的机会,走进老师办公室。每一个老师的桌上都堆着一堆那种买来的鲜花和巧克力等礼物,就是没有自己送的映山红,当眼光落到墙角的时候,看到它们了,可怜地扔在那里,像是垃圾。苦菊掉头就跑,一直跑到学校后面的小水沟,坐在那,看着自己手上还在流血的左一道右一道伤痕,想到摘花时摔的好几跤,泪水不争气地叭嗒叭嗒往下掉。

　　今年该怎么办?无意中,苦菊已经听到有老师说,要比谁收到的鲜花和礼物多。

　　放学后,苦菊走向回家的相反方向,那是去镇上的路。看看可有能挣钱的机会,要不,像奶奶一样,捡到能卖钱的饮料瓶之类也行。得瞒着奶奶,奶奶一再叮嘱苦菊,只要把书念好就行,其它不用管。

　　迎面走来同庄的桃子,手里拿着一张红色的百元钞票,又蹦又跳。她上初中,家也很穷,哪来的这么大的钱?

　　苦菊拦住了她,问是哪来的。桃子得意地仰着脸,就是不说。苦菊说,肯定是偷来的,我要告诉你妈。桃子急了,说不行。苦菊就说是。桃子没办法,只好凑近苦菊的耳朵,小声嘀咕了几句,然后掉转身走了。

这也行呀？苦菊在想桃子说的办法，想着想着，心动了。就一次，只干一次，能买到教师节的礼物就行。

苦菊来到镇上的马路边，藏身在弯道的一棵树后面，一辆又一辆汽车过去了，就是迈不开步子。天快要黑了，再不行动，就真有危险了。

苦菊把牙一咬，瞅准一辆刚转过弯来的轿车，冲了出去，就在车抵近的一刻，及时地歪倒在车头跟前。

车门一开，车上的人赶忙下来察看情况，苦菊低着头，不照面，只是一个劲地啊哟。哪里伤了？送你去医院好吗？面对一连串的询问，苦菊就是不回答，只是摇头，只是啊哟。那人打电话，说是撞人了，在镇西边，等会才能回家。过了好半天，苦菊才憋出一句：

你给我一百块钱，我自己去看。

那人有些发愣，用怀疑的眼光看着苦菊，最终还是掏出了一张百元钞票，递给苦菊。就在这时，一辆出租车停在了跟前，一个女人慌里慌张地下车直奔过来。

苦菊和女人一照面，吓得脸都青了，是班主任老师。连忙爬起来就跑，一眨眼，就不见了踪影。

第三天就是教师节，苦菊手里捧着买来的鲜花，脸仰着，心里却有些忐忑。走进老师办公室，大方地问候老师好，然后送上鲜花。

正好进门的班主任老师，冷冷地接过苦菊手里的最后一束鲜花，连看都没看苦菊一眼，一甩手，鲜花飞向开着的窗户……

寂寞的站牌

那一场车祸之惨烈，上了本省报纸的头版，还上了电视台的新闻联播。只可惜，三年过去，谁都忘记了，除了水嫂。

水嫂不可能忘记，不但不忘，还一直在想尽一切办法追查车祸的肇事者。那辆可恨的渣土车，而且还是酒后驾驶，活活夺去了包括水嫂女儿在内的四个孩子的生命。四个正是如花季节的中学生呀，四个家庭的痛。现场惨不忍睹，都面目全非，连肢体都无法拼凑整齐，一想到这一幕，水嫂的泪水就像泉水汩汩地淌。

水嫂不相信社会是冷酷的，现在的人是冷漠的，那歪歪斜斜下车的驾驶员查看现场的画面，足以让目击者看到他的模样。据说，事故车来自一家超大的房地产商，驾驶员被安排消失，无影无踪。事故才发生的那三个月，水嫂特意做了个大牌子，每天站在事故现场旁的公交站牌跟前举着，眼巴巴指望着目击者能主动站出来。

目击者杳无影踪，水嫂被辞退了，这样的长期请假让所在的企业无法接受。水嫂管不了那么多，一心在追查凶手上，她想出了新的办法。买下现场边公交站牌灯箱的广告发布权，把活着时的可爱女儿和惨不忍睹的车祸现场女儿的照片，一起大大地并排放在一起，醒目的黑体字写的是：

"目睹幼小生命的惨遭毒手，不是你的错；不敢站出来指认真相，肯定是良心一辈子的恶！"

让水嫂不能接受的，是巨额现金的酬谢吸引了太多提供虚假信息的电话,害得水嫂夫妻俩东奔西跑,不知折腾和浪费了多少时间和金钱。真相却始终是水下的冰山,看不到,摸不着。

水嫂又想了个办法,申请当起了环卫工人,就负责车祸现场和站牌的一段路。

每天凌晨路灯还在亮着,水嫂就拉着垃圾车来到站牌前。先把女儿的照片仔细地抹一遍,边抹,嘴唇凑近冰冷的灯箱,深深地亲上一会。亲的时候,眼睛是闭上的,仿佛又回到了曾经幸福的以往。然后开始清扫马路,扫着扫着,无论在哪个方位,视线就会投向站牌,和女儿对视一会。

闲暇的时候,水嫂不是坐在对面,温情脉脉地看着女儿,就是倚靠在女儿跟前,和女儿头抵着头,好像在切切私语。很多时候,就那么睡着了,满是风霜的脸上是甜美地笑。

从早到晚,水嫂的身影始终在那条路段上,不分盛夏和寒冬,连午饭都是丈夫送过来。那段路是全市最干净的路,年年被评为"最清洁路段",水嫂也年年被评为"模范环卫工"。

在亲友们的不断催促下,小女儿出世了。仅仅在家休息了一个月,水嫂就拖着虚弱的身子上班,垃圾车和婴儿车一起推着,人在忙,婴儿车就停在站牌前,大女儿看护着小女儿。放在那,水嫂放心。

也怪,即使女儿醒了,但不哭,看着照片上不曾见过面的姐姐一个劲地笑。从笑,到咿咿呀呀地叫,到用胖乎乎的小手去摸姐姐的脸,慢慢长大。

小女儿上幼儿园了,一放学,水嫂还是接到那,让她在姐姐的看护下,趴在站牌的坐椅上画画和写字。画累了,写厌了,就和姐姐说话,说幼儿园的事给姐姐听。妈妈已经告诉过她,那是姐姐,远在天国再也回不来的姐姐。

那一天的傍晚时分，水嫂宁愿拿自己的生命去替换所发生的事。

一眨眼，小女儿不见了，像水蒸气突然蒸发了似的，无迹无痕。水嫂疯狂地奔跑，哭叫，寻找，有人说看到一个中年妇女把孩子抱走了，匆匆上了一台没有牌照的轿车。水嫂倒在了地上，众人七手八脚把她送进医院，一会醒来就哭就叫，一会昏迷，周而复始，让看到的人不忍直面。

房子卖了，值点钱的都卖了，想尽了所有的办法，在全国范围内寻找，但没有结果。这回，公交站牌的灯箱上，是两个女儿的人幅照片，还有苦苦哀求目击者现身帮忙的恳求，还有巨额酬谢的承诺。只是效果甚微。

由于城市道路改造和公交站点调整，这个站牌取消了，水嫂哭闹着跪着不让拆站牌。愿意花钱买下来，要命都行。这一闹，惊动了新闻媒体，事情报道出来，引发了全城的震撼，纷纷支持和声援水嫂，还有自发的捐款援助如雪花飞临。

站牌保留了下来，但不再热闹和人来人往，像是一座冷寂的碑，孤零零地站在那里。更像是一道凄凉的景观。

水嫂还在那个路段做环卫工，她，成了那景观里的一部分。